Über
kurz
oder
lang

Unfrisierte Geschichten

Inhalt

Cordula Krause

Termin verpasst?

Da lese ich das neueste Magazin und finde eine Werbung: »Du hast die Haare schön!«

O nein.

»Du trägst dein Haar schön.« Ja, so sprach meine Schwester, wenn wir uns begrüßten. So habe ich es aufgeschrieben in den Kalender, in Notizhefte, in einen Block. In den Rechner gehämmert. Mit Sätzen, die Geschichten erzählen. Gedanken bündeln. Situationen schildern.

Das Friseurgeschichtenbuch. Unser Projekt.

Nun haben es andere vor uns herausgebracht, im DuMont-Verlag, zwei Herren haben es geschrieben. Ich lese: »DU HAST DIE HAARE SCHÖN!« Untertitel: »Frisch frisierte Weisheiten für sie und ihn.« Ich lese den Begleittext, das Fettgedruckte. Lese etwas von »am Leben sein«, von Schönheit und Supermodel, von »über Gott und die Welt reden«. Der letzte Satz erdet mich vollends: »Friseure wissen das.«

Im Bad schaut mich der Spiegel an. Er sagt: »Schöne Scheiße ...«

Die Haarbürste sperrt sich.

Das Wachs klebt an den Händen, bevor es im Abfall verschwindet.

Schon heute Nachmittag habe ich juckende Stellen auf der Kopfhaut mit den Fingernägeln bearbeitet. War das die Vorahnung?

Ich liege in der Badewanne. Einmal untertauchen. Nicht atmen.

Ein Friseurgeschichtenbuch.

Ideenklau?

Wenn es nur Männer geschrieben haben, wäre unsere Antwort aus Frauensicht passend.

Recherche. Eigentlich hätten wir daran denken können. In der Wissenschaft kommt vor der Arbeit schließlich auch die Suche nach passender Literatur. Habe ich wirklich angenommen, dass dieses Thema noch niemand in einem Buch beschrieben hat? Milliarden Menschen warten seit Tausenden von Jahren auf ein Buch über – Friseurgeschichten?

Ich zitiere mir laut vor: »In ›Du hast die Haare schön!‹ geht einer von ihnen auf Erkundungstour durch die Friseursalons dieser Welt ...«, und ja, natürlich. Genau das war auch unsere erste Intuition.

Mein Rechner brüllt mir einen facebook-Auftritt zum gleichnamigen Buch entgegen. Schreit diverse Youtube-Filmchen und Kommentare heraus.

Dann finde ich dies hier:

»Alan Pauls: Geschichte der Haare: Ja doch, du hast die Haare schön ...«, ein Artikel im Feuilleton der FAZ von Katharina Teutsch. Ich lese, es seien Geschichten aus dem Argentinien der Siebzigerjahre.

Der Text macht mich neugierig auf Literatur von Alan Pauls.

Mir fallen Filme ein: »Der Mann der Friseuse«, vom französischen Regisseur Patrice Leconte, und »Weiß« vom polnischen Regisseur Krzysztof Kieslowski aus seiner »Drei-Farben-Trilogie«.

Es scheint, als sei die Beschäftigung mit Haar eine Beschäftigung mit dem Leben. Als sei es ganz normal, wenn sich Geschichten um das Haar spinnen.

Und so wird auch unser Buch. Wie schon geschriebene Bücher oder gedrehte Filme erzählt es von dem, was uns geschieht.

Das wissen nicht nur Friseure.

Nora Northmann

Glückssträhnchen

Danke, ich sitze gut, sehr gut. Wie lange wird es dauern? Ja, einen Kaffee nehme ich gern. Wie schön es hier ist. Diese vielen Spiegel. Der Raum wächst mit jedem Blick. Mir kommt das alles so unwirklich vor, so märchenhaft. Bis gestern war es das größte Wunder, dass ich meine Mädchen allein groß bekommen habe. Penka, die Jüngere, lebt seit drei Jahren in Sofia, hat einen guten Job als Übersetzerin. Ihr war es zu eng hier in der Provinz. Einmal habe ich sie in Sofia besucht. Da war mir alles zu eng. Vera, die Ältere, ist hier in Pleven geblieben. Hat früh geheiratet. Ihr Mann ist ein Guter, er kümmert sich und trinkt nicht viel.

Wenn meine Mädchen mich besuchen, nehme ich sie mit in den Laden. Dann stehe ich hinter ihnen, lasse ihre langen, schweren Haare durch meine Finger fließen und kürze einige Millimeter. Ich massiere Spülungen ein, so sanft ich kann, und erinnere mich an die kahlen, weichen Babyköpfchen, die ersten Haarspangen. Penka wollte kurze Haare. Vera hat sich Locken gewünscht.

Ich arbeite im Erdgeschoss unseres scheckigen Wohnblocks. Man erkennt sofort, wo die leben, die mehr Geld haben. Die Fassaden ihrer Wohnungen sind verputzt. Wer dafür nichts ausgeben konnte oder wollte, hat die Betonsteine einfach roh gelassen.

Auch die Treppenhäuser im Block sind nie richtig fertig geworden, die Stufen sind uneben und unterschiedlich hoch. Nach all den Jahren kenne ich jede einzelne. Ich steige sicher bis in die sechste Etage, auch wenn der Strom ausfällt. Und wenn die Lampen kaputt sind, leuchtet unter den Wohnungstüren ein schmales Licht in den Hausflur hinein. Die Fenster meiner Wohnung schließen nicht richtig. Und im Bad ist der Abfluss der höchste Punkt des Fußbodens.

Meinen Laden habe ich in einem der Garagenräume unseres Blocks eingerichtet. Er ist direkt vom Hausflur aus zu erreichen. Neben das Waschbecken, das längst stumpf geschrubbt ist, habe ich Bilder aus Illustrierten geklebt. Landschaften und berühmte Schauspieler. Der Fußbodenbelag ist aus rötlichem Vinyl. Er wellt sich schon durch zu viele Jahre. In dem Hängeregal, das eine Freundin mir zur Eröffnung geschenkt hat, stehen Sprays und die Packungen mit

Haarfärbemitteln, auch ausländische. Blond und Schwarz gehen besser als die Zwischentöne.

Wenn man bedenkt, wie viele Familien hier wohnen, dann scheint es ein großes Glück gewesen zu sein, eine der wenigen Garagenhöhlen zu ergattern. Glück! Von wegen. Mein Mann Vesel und ich mussten ganz schön nachhelfen, mit Scheinchen und Schnäpschen und noch anderem, an das ich mich lieber nicht erinnern möchte. Jedenfalls bekamen wir einen dieser unfertigen, ebenerdigen Räume, ohne Strom und ohne Tür. Hunde und Landstreicher schliefen darin, bis wir sie mit einem stabilen Holztor aussperrten.

Aber der Gestank war in alle Fugen und Betonporen eingezogen und ließ sich nicht einfach so vertreiben. Vesel besorgte scharfe Reinigungsmittel aus der Fabrik, die standen ja da ohnehin nur so rum. Vesel, »der Glückliche«. Ja, mein Mann war tatsächlich glücklich, als er Wände, Decke und Fußboden einsprühte, regelrecht tränkte. Nur widerwillig wich der Gestank einer stechenden Sauberkeit und jenem Geruch, der sich für immer in meine Erinnerung geätzt hat. Dem Geruch von Vesels Tod.

Drei Tage sprühte mein Mann gegen bittere Ausdünstungen, muffige Kleidung und Uringestank an. Er dachte dabei an die Werkstatt für Elektrogeräte, die er hier einrichten wollte. Wir hatten ja kein Auto, niemand hier hatte eines. Durch den Sprühnebel sah er schon sein Werkzeug an den Wänden hängen und hörte den gleichmäßigen Ton der Bohrmaschine, roch ölige Lappen und Metallspäne. Während sein Kopf sich in Träumen verirrte, fanden Abertausende winziger Gifttröpfchen den Weg in seine Lungen. Warum hat er sich nicht wenigstens ein Tuch vor Mund und Nase Gesicht gebunden? So wie in der Fabrik, wo es statt Schutzmasken auch nur Lappen und Lumpen gibt.

Nach Vesels Tod blieb die Garage verschlossen und leer. Meine Mädchen wurden zerbrechlich in ihrer Vaterlosigkeit. Was ich als Verkäuferin verdiente, reichte nicht, um sie mit bunten Abenteuern abzulenken.

Bisher hatte ich nur Vesel und den Mädchen die Haare geschnitten, nun machte ich das auch bei den Nachbarinnen. In meiner Küche, nach Feierabend. Die Nachbarinnen brachten ihre Männer, Schwestern und Cousinen mit, und ein halbes Jahr später konnte ich vom Frisieren leben. Meine Hände wurden aufgeweicht vom vielen Wasser und färbemittelwund, doch meine Mädchen waren froh, weil ich in ihrer Nähe blieb. Wenn ich nicht genug Zeit für sie hatte, streichelte ich mein schlechtes Gewissen von ihren kleinen Köpfen. Das Geschäft lief mit jeder Woche besser. Meine Küche wurde ein Ort der Verwandlung.

Nein, nein, zaubern kann ich nicht, nur ein wenig hexen. Den Traurigen färbe ich ein Leuchten ins Haar und den Stolzen schneide ich ein Stück von ihrem Hochmut ab. Verliebte besprühe ich mit dem Duft der Ungeduld oder fülle ihnen die Ohren mit dem Rauschen des Föhns.

Die Kunden rochen nach Schweiß und Rosenölparfüm. Sie setzten sich stundenlang an meinem Küchentisch fest. Über alles wurde hergezogen: Bogdan hat ein neues altes Auto gekauft. Janas Tochter ist ein Früchtchen, die macht doch, was sie will. Die alte Petrovka hat ein offenes Bein. Es ist eine Schande, wie teuer das Fleisch geworden ist.

Oft mussten meine Mädchen das Abendbrot auf ihren Betten essen, weil die Küche voller Fremder war. Jetzt brauchte ich die Garage. Das Tor hatte sich verzogen, es zu öffnen, ging fast über meine Kraft. Der Rest reichte kaum, um hineinzugehen. Drin roch es nach allem, nur nicht gut. Ich dachte an Vesel. Ein Cousin legte Strom, ein anderer den Wasseranschluss. Aus meiner Wohnung schleppte ich den Korridorspiegel hinunter ins Erdgeschoss, Nachbarn überließen mir ein paar Stühle.

Ein Schaufenster, so wie hier? Oh nein, viel zu teuer. Ich müsste das ja vergittern lassen. Es kümmert doch auch niemanden mehr, wenn die Alarmanlage eines Autos losgeht.

In meinem Laden hält sich die Winterfeuchte bis weit in die warme Jahreszeit. Sie lässt sich auch nicht wegföhnen. Manchmal denke ich, das kommt von den Tränen, die hier im Block geweint werden.

Wenn der Sommer seinen Augustatem durch die Straßen bläst und der sich mit dem warmen Wind des Föhns verbindet, wird die Hitze unerträglich. Dann arbeite ich bei offener Tür. Hin und wieder verfängt sich ein Lufthauch im Holzperlenvorhang und wirbelt staubige Erinnerungen auf. Später fällt der Herbstregen auf die unbefestigten Wege vor unserem Block. Er spült den Sommer und die vergeblich gereiften, steintrockenen Samen der Pappeln fort.

In der Garage rechts neben mir arbeitet der Schuster. Ein alter Mann mit spröden, gelben Fingernägeln und schlechten Ohren. Von früh bis spät quetscht sich Folkloremusik aus seinem Radio, ihn selbst bekomme ich kaum zu Gesicht.

Im Laden auf der linken Seite gibt es alles, was man so zum Leben braucht. In den Regalen stehen zwar nur Waschpulver, Mehl und Zucker, aber alle anderen Dinge baut Elena jeden Morgen auf einem Tisch vor der Ladentür auf. Ihr Schaufenster. In die erste Reihe stellt sie metallisch glänzende Chipstüten, dahinter Gebäck, Kaffee, bunte Konserven. Im Sommer bewundere ich ihre Melonenberge und Tomatenpyramiden. Weil Elena immer draußen steht, muss sie auch keine Angst haben, bestohlen zu werden. Manchmal stelle ich mich neben sie und wir rauchen.

Meine erste Victory rauche ich morgens zum Kaffee. Als Belohnung, weil ich es geschafft habe, aufzustehen. Im Sommer setze ich mich dazu auf den Balkon. Ich will die kleine Kühle zwischen Nacht und Sonnenaufgang nicht verpassen, die dauert manchmal nur zwei Atemzüge lang.

Sie wissen sicher, wie schwierig es ist, einen Gewerbeschein zu bekommen, und darum hatte ich einfach so angefangen. Das ging nicht lange gut. Ich kann mir zwar denken, wer mich verpfiffen hat, aber natürlich nichts beweisen. Jedenfalls musste ich aufs Amt. Dort saß eine Frau, die war so aufgedunsen wie die ganze Behörde. Ich bin mir sicher: Ihr Hintern hing an allen Seiten über die Sitzfläche des Stuhles. Aber ihre Lippen waren schmal und feuerrot. Eine messingblanke Leninbüste thronte über unseren Köpfen auf einem Regal. Aktenordner, so alt, dass die vergilbten Blätter darin bestimmt zerbröseln, sobald man sie berührt. In solchen Räumen staubt erst das Denken ein und dann das Fühlen.

Immer wieder musste ich neue Dokumente vorlegen: die beglaubigte Abschrift meiner Geburtsurkunde, die Schulbescheinigung meiner Kinder, den amtlichen Nachweis, dass ich die Grabstätte meines Mannes auf zehn Jahre im

Voraus bezahlt hatte. Endlich begriff ich und legte den Dokumenten einen Umschlag bei. Einen Tag später hatte ich alle Stempel zusammen.

Seit ich in der Garage arbeite, kommen auch die ganz Alten zu mir, die es nie bis in die sechste Etage geschafft haben. Das Reden ist ihnen wichtiger als meine Arbeit. Ihr ganzes Leben erzählen sie, auch, wenn niemand zuhört. Ich sage hm und na ja oder jaja, manchmal auch: ach so? und reise mit meinen Gedanken ganz weit weg, während die Schere in der Garagenwelt klappert.

Wissen Sie, ich möchte meinen Laden gern neu einrichten. Mit einem modernen Waschbecken und einem Metalltischchen, auf dem Zeitschriften ausliegen. So wie bei Ihnen. Als ich anfing, ließ sich nur ein klobiger Schreibtisch auftreiben. Unter die Glasplatte schiebe ich Fotos und Postkarten, die ich von meinen Kunden bekomme. Eines der Bilder hat ein Deutscher gemacht, der kam mit seiner Frau zu mir. Ich habe mich damals gefragt, wieso sich Touristen in unseren Blockverirren. Wollten die beiden Abenteuer erleben oder Geld sparen?

Sie fanden alles sehr interessant und wahnsinnig aufregend. Während ich ihr die Haare schnitt, hat er fotografiert. So viel Aufmerksamkeit ist mir unangenehm. Ich habe für den Haarschnitt nur den normalen Preis verlangt, drei Lewa.

Meine jüngere Tochter schimpfte am Abend mit mir, das sei viel zu billig gewesen. Aber als mit der Post das Foto kam, auf dem ich vor meinem Laden stehe, war auch sie stolz.

Meine Welt ist spiegelbildverkehrt. Ich erkenne niemanden auf der Straße, selbst wenn er eine Stunde zuvor auf meinem Friseurstuhl saß. Ein Chirurg sieht ja auch nicht, wen er gerade operiert. Ich bin ein Kopfchirurg. Ich sehe kahle Stellen, gesplisste Spitzen, graue Scheitel. Wer zu mir kommt, ist auf dem Weg der Besserung. Aber die meisten wollen ja gar nichts Neues. Jugendliche Frisuren, alternde Gesichter. Immer der gleiche Schnitt, immer die gleiche Farbe, jahrein, jahraus. Ich färbe die Frauen in ihre Jugend zurück. Wenn es dann eine bestimmte Farbe nicht mehr gibt, ist natürlich die Panik groß. Aber manche wechseln auch ständig ihre Frisur. Von Locken zu glattem Haar, von hellem zu dunklem, von langem zu kurzem. Trotzdem sehen sie immer gleich aus: unglücklich. Ich sehe, wie das Leben sie auffrisst, und gebe mir besonders große Mühe.

Manchmal kommen auch Leute ohne Geld. Wenn ich sie kenne, schreibe ich schon mal an. Einem Jungen, der für sein Mädchen schön sein wollte, habe ich die Haare umsonst geschnitten. Er hat so schön gelächelt. Andere schicke ich weg, sie haben die paar Kröten versoffen, die ihnen die Frau am

Morgen für einen Haarschnitt in die Hand gedrückt hat. Dann sind sie voll, ihre Augen sind leer und ich kann ihnen auch nicht mehr helfen. Die kleinen Mafiosi der Gegend bekommen ihren Haarschnitt umsonst, ich will ja keinen Ärger. Nur fürs Schwarzfärben müssen sie mich bezahlen.

Gestern stand wieder so ein Typ ohne Geld im Laden. Ein Fremder. Erzählte etwas von einem Job, den er in Aussicht habe, und dass er darum ordentlich aussehen müsse. Anschreiben ist nicht, hab ich ihm gesagt. Er hat seine Taschen durchwühlt, aber da war nicht viel drin. Krümel, Zettel, ein Rubbellos, eine zerknüllte Zigarettenschachtel, ein Feuerzeug. Hat mir das Los hingehalten wie ein tolles Geschenk, dabei sind diese Lose doch meistens Nieten. Aber er war gerade der einzige Kunde, also hab ich ihn rasiert und ihm die Haare geschnitten.

Wie ein Kavalier hat er sich mit einer Verbeugung bedankt und gesagt: Ich wünsche Ihnen eine Glückssträhne! Ein komischer Kauz!

Für mich hat sich der Tag dann wirklich noch gelohnt, denn am frühen Abend kam der dicke Janev angekeucht. Er erwarte wichtigen Besuch, darum solle ich seine Tochter, seine Frau und Baba Dora frisieren. Ich hab gefärbt, gewaschen, geschnitten, gelegt, geföhnt und die Frisuren zum

Schluss mit zwei Dosen Haarfestiger eingefroren. Das war nicht billig für den Dicken. Es war längst dunkel, als ich den Riegel vorlegte und über den runden Holzknauf des Garagentores strich. Den hatte noch mein Mann gedrechselt. Ich berühre den Knauf jeden Abend so, wie ich Vesel vielleicht über seinen kahlen Kopf streichen würde. Die Männer seiner Familie haben ihre Haare alle sehr früh verloren. Als er mir das erzählte, hatte ich ihn ausgelacht: Du wirst nie ein Glatzkopf! Wie furchtbar recht ich hatte.

Ich wollte diesen Gedanken fortrauchen und fingerte in meinen Kitteltaschen ich nach den Zigaretten. Dabei fand ich das Los wieder, kratzte die Folie ab und überlegte, was das wohl für ein wichtiger Mensch ist, der so plötzlich den dicken Janev besucht. Ich war sicher, in spätestens zwei Tagen würde unser ganzer Block darüber reden. Auf der Rubbelfläche des Loses wurde eine Drei sichtbar. Also doch keine Niete. Hinter der Drei war noch Platz. Eine Null, zwei Nullen, dann noch eine. Dreitausend! Ein Jahresverdienst. Das konnte nicht stimmen! Ein ungültiges Los. Eine Fälschung.

Kennen Sie das, wenn die Gedanken sich in klebrigen Kreisen verfangen wie in einem Spinnennetz? Dann grinst der Schlaf wie die fette Spinne und lässt einen zappeln. Genau so wälzte ich mich durch die Nacht. Unser Block steht auf einem Hang. Nie gibt die Stadt im Talkessel Ruhe, sie summt und rauscht, ein ewiges Schwärmen, das sich weiter und weiter ausbreitet.

Betonwände sind hellhörig, jedes Geräusch dringt von überall nach überall. Klospülungen, der Streit Betrunkener, Luststöhnen. Ein Baby weinte. Türen wurden zugeschlagen, wütend oder gedankenlos. Diskobeats trieben meinen Herzschlag in einen falschen Rhythmus. Immer wieder tastete ich nach dem Los, das auf meinem Nachttisch lag. Die Nacht war drückend heiß, aber ich hatte alle Fenster geschlossen, aus Angst, es könne fortgeweht werden. Erst als der Morgen dämmerte, die Hausgeräusche stärker wurden und sich nicht mehr auseinanderhören ließen, schlief ich für einige Minuten ein.

Bevor ich das Los ins Portemonnaie tat, strich ich es glatt. Es brannte zwischen meinen Fingern. Ich fühlte mich wie jemand, der genau weiß, dass er gerade etwas Verbotenes tut. Mir ging so vieles durch den Kopf, nur das Wort Gewinn konnte ich nicht denken. Im Bus rempelte mich einer an, der hatte einen dürren Hals und ein Vogelgesicht. Erschrocken zog ich meine Tasche an mich.

In der Lottostelle saß eine Blondgefärbte und telefonierte. Sie beachtete mich nicht.

»Nein, da ist doch überhaupt nichts los, da will ich nicht hin!«

Ihre Stimme überschlug sich fast vor Empörung. Ich legte mein Los vor ihr mitten auf den Schreibtisch. Die Blonde schob es ein wenig zur Seite, klemmte den Hörer zwischen Kopf und Schulter und tippte etwas in den Computer.

»Das klingt besser. Was meinst du, welches Top soll ich anziehen?«

Kaugummi kauend befühlte sie mein Los, hielt es gegen das Licht. Verglich irgendwelche Zahlen und Listen und tippte wieder etwas. Sagte: »Momentchen«, legte den Hörer auf den Tisch und beugte sich nach unten.

Hatte sie vergessen, dass ich noch da war?

In diesem Moment richtete sie sich auf, lächelte huldvoll wie eine Königin und zählte mir die dreitausend Leva vor. So viel Geld! Die meisten Scheine waren alt und zerknittert. Im flotten Zählen wurden die Hände der Blonden erst unscharf und dann zu allen Händen, die dieses Geld jemals berührt hatten. Runzlige Hände, beringte Finger, klebrige Kinderfäuste. Lebensgeschichten türmten sich vor mir auf. Die Scheine fühlten sich gestohlen an und sollten nun mir gehörten.

Ich kann das alles noch immer nicht glauben. Es wird bestimmt Getratsche geben, wenn ich ein neues Waschbecken einbaue, bequeme Stühle und das schicke Tischchen kaufe. Plötzlich ist so viel zu entscheiden. Was meinen Sie: Soll ich meinen Mädchen eine Reise ans Meer schenken? Oder lieber in die Berge?

Mein Gott, jetzt habe ich die ganze Zeit geredet. Entschuldigung, hoffentlich habe ich Sie nicht gelangweilt. Wissen Sie, ich war noch nie beim Friseur, ich wäre auch bis gestern nie auf den Gedanken gekommen, so einen exklusiven Laden wie Ihren auch nur zu betreten. Danke, vielen Dank, ja, der Kaffee war sehr gut. Und die Strähnchen sind Ihnen wunderbar gelungen, so natürlich. Richtige Glückssträhnchen. Ich sehe ja beinahe wieder aus wie früher.

Marion Pelny

Abgeschnitten

Linda stand mit vorgeschobener Unterlippe und gesenktem Kopf vor dem Schreibtisch ihres Vaters. Auch ohne hinzusehen wusste sie, dass er wie gebannt auf ihren linken Zopfstummel starrte, dessen Ende kurz und borstig an ihrem Ohr vom Kopf abstand und aussah wie der Pinsel, mit dem er sich jeden Morgen den Rasierschaum aufs Gesicht tupfte. Sie wusste, dass ihre Mutter hinter ihr den abgeschnittenen Zopf hochhielt wie eine Trophäe und mit einem Gesichtsausdruck, als hätte sie in eine Zitrone gebissen. Auf der rechten Seite hing der geflochtene Zopf noch bis zur Taille herab.

Ihr Vater knallte den Kugelschreiber auf das Papier, schob mit einem Ruck den Schreibtischstuhl nach hinten, so dass die Glasscheiben im Bücherschrank klirrten, und kam um den Tisch. Unwillkürlich hob Linda schützend ihren linken Arm. Doch ihr Vater riss nur ihrer Mutter den Zopf aus der Hand, starrte ihn an wie eine Schlange und hielt ihn an Lindas Kopf, als lasse er sich wieder annähen. Reichte ihn schließlich ihrer Mutter zurück und bedeutete mit einer Geste seiner Hand, dass sie wieder gehen sollten.

»Und was soll ich jetzt machen?«, fragte ihre Mutter.

»Na, so kann es ja wohl nicht bleiben«, antwortete er mit seltsam belegter Stimme. Für einen Moment glaubte Linda, Tränen in seinen Augen glitzern zu sehen, und da tat es ihr fast leid, dass sie sich den Zopf abgeschnitten hatte. Sie hatte doch gewusst, dass ihr Vater ihr Haar liebte. Wie oft hatte sie schon gebettelt, sich die Haare abschneiden zu dürfen. Seine Antwort war immer die gleiche gewesen: »Andere beneiden dich.«

Er hatte ja recht. Zum Fasching hatte ihre Mutter aus feinem Gardinenstoff ein Kleid für sie genäht, luftig wie ein Hauch. Aus goldenem Schokoladenpapier hatte sie ihr eine Krone gebastelt und sie in ihrem offenen, welligen Haar festgesteckt. Wie die anderen Kinder sich da um sie geschart hatten! Sie berührten ehrfürchtig den glänzenden Schmuck, ließen die Finger über den zarten Stoff ihres Kleides gleiten und schließlich durch ihr dichtes, langes Haar. Nur Claudia, ihre beste Freundin, wollte an diesem Tag beim Essen in der Schulaula nicht neben ihr sitzen. Am nächsten Tag auch nicht, obwohl Lindas Haar wieder zu artigen Zöpfen geflochten war. Es ging ein paar Tage so, bis sie Claudia wieder zum Lachen bringen konnte mit ihrem gemeinsamen Lieblingsreim, den sie heimlich hinter dem Rücken der dicken Hortnerin sangen.

»Dicke fette Arschkalette«, begann sie und Claudia stimmte schnell mit ein.

Ihre Mutter zog Linda hinter sich her ins Bad, öffnete den Spiegelschrank über dem Waschbecken, kramte darin herum und holte die Schere heraus, mit der sie sonst Lindas Bruder die Haare schnitt. Seufzend griff sie nach dem rechten Zopf, setzte die Schere an, ließ die Hand wieder sinken, schüttelte den Kopf, griff wieder nach dem Zopf und schnitt diesmal. Linda kannte das Geräusch schon, mit dem sich die Schere knirschend durch den Zopf grub, bis sie alle Haare durchtrennt hatte. Zufrieden sah sie in den Spiegel. Die Zopfstummel standen nun an beiden Seiten vom Kopf ab. Schließlich begann ihre Mutter, die Zöpfe aufzulösen und Lindas Haar zu bürsten. Es sah ungeschickt aus, denn früher konnte sie mit langen Strichen durch das Haar fahren. Jetzt wirkten ihre Bewegungen wie abgehackt. Linda konnte im Spiegel beobachten, wie sie versuchte, mit der neuen Länge klarzukommen, wie sie erneut zur Schere griff und hier und da noch ein Zipfelchen entfernte, sichtlich bemüht, nicht noch mehr wegzunehmen. Endlich, dachte Linda, endlich brauchte sie morgens nicht mehr das Ritual des Zöpfeflechtens über sich ergehen zu lassen. Auch in der Nacht hatte sie ihr Haar geflochten getragen, und am Morgen mussten die Zöpfe sorgfältig aufgelöst und das Haar durchgekämmt werden. Oft hatte sich das Haar verfitzt und der Kamm blieb plötzlich hängen. Linda hatte sich dann immer zur Seite gebeugt, um dem Widerstand nachzugeben und den Schmerz gering zu halten. Bestimmt würden die kürzeren Haare nun nicht mehr solche Fitze hervorbringen. Die Vorstellung gefiel ihr. Sie lächelte ihr verändertes Spiegelbild an und zeigte dabei ihre neueste Zahnlücke. Das Haar fiel ihr wild ins Gesicht.

Ihre Mutter runzelte die Stirn. »Sieht gar nicht mehr ordentlich aus«, murrte sie und verließ das Bad.

Auch das Haaretrocknen würde nun nicht mehr so lange dauern. Während sie bisher eine Ewigkeit vor dem Warmluftheizer gesessen hatte, der auf dem Tisch stand, damit er in Lindas Kopfhöhe warme Luft blies, dauerte es jetzt bestimmt nur ein paar Minuten.

Am nächsten Tag kam Lindas Großmutter zu Besuch. Sie schaute Linda mit hochgezogenen Brauen an.

»Na so was«, sagte sie an Lindas Eltern gewandt, »ich hab mich das erst mit einundzwanzig getraut.«

Dann tätschelte sie Lindas Wange und steckte ihr ein

Markstück zu. Das bekam Linda sonst nur, wenn sie in der Schule eine Eins geschrieben hatte. Später, am Kaffeetisch, beugte sich die Großmutter zu ihr herüber, strich ihr das Haar zurück und flüsterte ihr ins Ohr:

»Was sagt denn dein Freund dazu?«

Linda zog die Schultern hoch, wurde etwas rot und lachte glucksend.

In der Nacht konnte Linda nicht schlafen. Der, für den diese Frisur bestimmt war, hatte sie ja noch nicht gesehen: Holger. Sie malte sich aus, wie er reagieren würde: Wird er vor Schreck wegrennen? Wird er sie auslachen? Oder wird er es vielleicht sogar schön finden?

Linda hasste es, früh aufzustehen. Obwohl sie sich an diesem Morgen besonders müde fühlte, stürmte sie ins Bad, riss den Spiegelschrank auf, griff nach der Bürste und fuhr sich mit kurzen, kräftigen Bewegungen durchs Haar.

»Fertig«, rief sie und rannte an ihrer überraschten Mutter vorbei, die ihr – wie jeden Morgen – eigentlich die Zöpfe flechten wollte. So schnell hatte sie ihre Tochter noch nie fix und fertig angezogen, den Schulranzen auf dem Rücken, an der Tür stehen sehen.

In der Nacht war Schnee gefallen, und obwohl die Sonne noch nicht aufgegangen war, leuchteten die Wege und Wiesen wie in helles Licht getaucht. Lindas Mutter zog ihr die Mütze mit den drei verschiedenfarbigen Bommeln über den Kopf und sie stapften durch den Schnee zur Schule.

Weil Linda eine Stunde später Unterricht hatte, brachte ihre Mutter sie in den Frühhort. In der Tür stand die Hortnerin. Ihr Lächeln erstarrte, als Linda sich die Mütze vom Kopf zog. Elektrisiert standen die Haare in alle Richtungen und ihre Mutter versuchte verzweifelt, sie mit den Händen zu bändigen. Die Hortnerin hielt sich ihre dicke Hand vor den Mund. Claudia kam aus dem Zimmer gerannt und blieb wie angewurzelt stehen, als sie Lindas abstehende Haare sah.

»Kobold, Kobold!«, rief sie und flitzte wieder los. Linda lachte und stürmte hinterher, ohne sich von ihrer Mutter zu verabschieden.

In der Bauecke saß Holger und sah unwillig auf, als die Mädchen mit ihrem Gerenne gefährlich nah an seinen Kran herankamen, mit dem er gerade mehrere Bausteine in seine Burg zu bugsieren versuchte. Bei Lindas Anblick ließ er die Kurbel am Kran los. Die Bausteine krachten hinunter und brachten die Mauern zum Einsturz. Mit hängenden Armen saß er da, sah zwischen den herumliegenden Trümmern und der tobenden Linda hin und her und begann, mit lautem Gebrüll die Steine wild durcheinanderzuwerfen und auch den letzten Rest der Burg zu zerstören. Die Hortnerin hastete herbei, sah die tobenden Mädchen und den Bausteinhaufen, packte links und rechts jeweils eines der Mädchen und zog sie zum Tisch.

»Ihr malt jetzt was«, befahl sie und drehte sich zu Holger um.

»Du kannst doch was Neues bauen«, versuchte sie ihn zu trösten, aber er starrte nur düster zu den Mädchen am Tisch.

Linda stupste Claudia an und grinste. »Wetten, jetzt will er mich endlich nicht mehr heiraten.«

Claudia grinste zurück und nickte.

Sylvia Tornau

Nur ein Moment

Mit heruntergelassener Hose stand ich vor dem Badezimmerspiegel. Die Tür ging auf und meine Frau kam herein.

Das war im Frühjahr 1990. Die Rufe der friedlichen Revolution »Die Mauer muss weg« waren eben erst verklungen, und während wir die deutsche Einheit erwarteten, fiel mein Privatleben in sich zusammen, als wäre es aus Pappmaschee und widerstünde dem Sturm dieser Tage nicht.

An jenem Morgen im Bad vor dem Spiegel bahnte sich in mir ein Satz an die Oberfläche, den ich bis dahin nicht wahrgenommen hatte: Ich bin nicht glücklich.

Mitten in diesen Satz hinein steckte Ulli, meine Frau, ihren Kopf zur Tür herein. Sie hatte wohl gehört, wie ich da im Bad vor mich hinsprach, denn kaum war die Tür geöffnet, legte sie los.

»Na, das kommt ja sehr plötzlich«, kreischte sie. »Hast du dich jemals gefragt, ob ich mit dir glücklich bin?«

Ich weiß nicht mehr, was sie sonst noch sagte. Ich erinnere mich nur daran, dass in meinem von der durchwachten Nacht schlaftrunkenen Hirn das Bild der Königin der Nacht auftauchte. Nicht das der Königin aus Operninszenierungen, sondern das aus dem Film »Mozart und Salieri«. Die Szene, in der aus dem Gekeife der Schwiegermutter Mozarts in der Überblendung der Rachegesang der Königin wurde. Das Grinsen in meinem Gesicht gab meiner Frau den Rest. Mit einem Krachen warf sie die Tür zu, und Sekunden später hörte ich die Reifen ihres Wartburgs durchdrehen.

Bis zu diesem Morgen führte ich zweifellos ein angenehmes Leben. Mit sechzehn ging ich bei einem Brunnenbauer in die Lehre. Nach deren Abschluss kam ich als Achtzehnjähriger zur Armee. Mit einundzwanzig war ich verheiratet, mit zweiundzwanzig Vater. Dieses Vater-Mutter-Kind-Ding war damals die Norm, das Maß aller Dinge. Mit dem Kind kamen nach und nach das Auto, die Vierzimmerwohnung und die jährlichen Urlaube in den großen Hotels entlang der Ostsee. Damit waren wir wer in der Republik. Darauf waren wir stolz. Wir hatten es zu etwas gebracht. Unser Leben war strukturiert durch Arbeit, Geld, Familie und wilde Partys. Wir, das waren eine Handvoll Männer, die Abend für Abend ihre Ehefrauen von der Schicht abholten. Sie alle waren Friseurinnen in einem der teuersten Salons der Stadt. Salon

Merkur, zentral gelegen am Alten Markt. Täglich standen wir da, zehn bis zwanzig Minuten vor Ladenschluss. Wir rauchten und tauschten Tipps für die Beschaffung von Ersatzteilen für unsere Wartburgs, Trabis und Ladas. Nur für Bernd gab es keine Ersatzteile, er musste in die Werkstatt, wenn sein Auto nicht weiterwollte. Er besaß einen der begehrten, aber auch seltenen Shiguli. Den schicken Lulli mit der scharfen Sandra nannten wir ihn, obwohl keiner von uns Sandra wirklich scharf fand.

So wie Bernd mit seinem Auto aus unserer Männerclique herausstach, so fiel Sandra aus dem Moderahmen der Friseurinnenrunde. Statt blonder Walla-Walla-Mähne, mindestens drei Zentimeter langen, rot lackierten Fingernägeln und die Beine verlängernden Bleistiftabsätzen trug Sandra in ihrer Freizeit Jeans, Sportschuhe und einen dieser Penner-Parkas, auf dem Ärmel einen »Schwerter zu Pflugscharen«-Aufnäher. Auch sonst war Sandra anders. Anstatt auf Partys zu gehen, besuchte sie die Treffen ihrer Friedensgruppe in der Nikolaikirche. Sandra diskutierte über Politik, aber am meisten unterschied sie sich von uns dadurch, dass sie las; richtige Zeitschriften und Bücher, nicht Comic-Hefte wie die »Digedags«, oder »Das Magazin«, welches wegen seiner durchaus frivolen Artikel und wegen der Aktfotos von Günter Rössler bei uns anderen sehr begehrt war. Nein, Sandra las Bücher; Hesse, Vian, Sartre. Einmal ertappte ich sie sogar mit einem Kleist in der Hand.

Je öfter ich Sandra begegnete, desto mehr beneidete ich sie um dieses Privileg. In Ullis und meinem Leben war kein Platz für Bücher.

»Hast du nichts Besseres zu tun?«, fragte sie schon zu Beginn unserer Beziehung, als sie mich einmal mit einem Buch ertappte.

Ich liebte Ulli nicht zuletzt wegen ihres Temperaments. Ihr zu widersprechen war allerdings eine heikle Angelegenheit. Einmal hatte sie mich an unserem Hochzeitstag mit heißen Rühreiern beworfen. Ich wollte sie mit einem Kurzurlaub überraschen und war nicht schnell genug damit herausgerückt. Ein andermal tobte sie durch unsere Wohnung, und am Ende lagen siebzehn zersplitterte Bilderrahmen im Flur. Ich hatte vergessen den Weinbrand für ihre Party aus dem Exquisit zu holen. Unsere Versöhnungsfeste nach einem ordentlichen Krach waren zwar legendär, aber wenn es nicht gerade um meine elementaren Bedürfnisse ging, vermied ich diese Auseinandersetzungen gern. Also ließ ich das mit den Büchern und widersprach auch nicht, als sich meine Seite der Ablage im Bad mehr und mehr in ein Kosmetiklager verwandelte. Neben den mindestens zwanzig nebeneinander aufgereihten Nagellacken, Flakons, Döschen und Tuben fand kaum noch meine Zahnbürste Platz.

Ich will nicht ungerecht sein. Lange war ich fasziniert gewesen von meiner Frau und dem zu unserer Beziehung gehörenden Lebensgefühl; Partys, schöne Frauen und flaschenweise Krimsekt. Ulli war übrigens eine der Schönsten in diesem Kreis, auch das gefiel mir. Wochenende für Wochenende brachten wir unsere Tochter Jette zu ihren Großeltern, so wie unsere Freunde ihre Kinder zu deren Großeltern brachten. All diese Freitagabende und Samstage, die wir im »Eden«, im »Feldschlösschen« oder in der »Postkutsche« verbrachten. Wir konnten es uns leisten, und das wollten wir auch. Wo wir auch auftauchten, immer folgten uns die Blicke der anderen. Unsere Frauen füllten den Raum. Liefen auf hochhackigen Schuhen von Gast zu Gast, ein Glas Sekt in der einen Hand, eine Zigarette in der anderen. Perlendes Lachen, das scheinbar absichtslose Spiel schlanker Finger mit blonden Locken, das Glitzern der Pailletten über den Brüsten der Schönen, wir Männer strahlten im Glanz unserer Frauen. Deren bevorzugte Partygäste, fast Freundinnen, waren die sogenannten Fünf-Mark-Kundinnen. Das waren die, die es sich leisten konnten, zusätzlich zu den maximal zehn Mark für Haarschnitt und Dauerwelle ein gutes Trinkgeld zu geben. Während sie sich die Haare aufdrehen ließen wie Uschi Glas oder Brigitte Bardot, wurden nebenher Geschäfte abgewickelt, bei denen dann wir Männer ins Spiel kamen.

»Wir brauchen einen Fliesenleger.«

»Kein Problem, der Mann von der F. arbeitet als Meister beim VEB Hochanlagen. Sie ist am Dienstag wieder dran, da sag ich ihr Bescheid.«

Egal ob Fußbodenleger, Maler, Zimmermann – kein Problem, irgendein Mann von irgendeiner Kundin konnte weiterhelfen. Nur so war es möglich, aus unserer Vierzimmerwohnung eine ostdeutsche Vorzeigewohnung zu zaubern. Natürlich mit Foto im »Magazin«.

In diesen Jahren verlief mein Leben in geordneten Bahnen. Alle vierzehn Tage war Schichtbeginn um fünf Uhr früh. In diesen Wochen holte ich Jette nachmittags Punkt drei aus dem Kindergarten ab. Das war nicht ungewöhnlich in unserer Clique, und es hatte den großen Charme, dass ich ungestört mit Anne, Jettes Erziehern, schäkern konnte. Manchmal brachte ich ihr eine Büchse Mandarinen oder eine Tafel Schokolade aus dem Exquisit mit. Es machte mir jedes Mal Spaß, zu sehen, wie sie sich wand und errötete. Danach ging es auf den Spielplatz. Jette war meist mit Sandkuchen und Wolkenschaukeln zufrieden, ich entspannte mich mit Zeitung und Zigaretten auf der Parkbank. Wieder zu Hause, bereitete ich das Abendessen vor und überließ es dem Sandmann, Jette Sand in die Augen zu streuen. Ich badete das Kind und las ihr Geschichten vor, wenn sie im Bett war. Am meisten mochte sie das Buch »Wer hat dem Mond Löcher in die Nase gebissen?«.

Wir sangen manchmal auch zusammen, aber das versuchte ich zu vermeiden. Ich sang immer die falsche Melodie, und weil Jette das so lustig fand, war sie aufgekratzt und wollte dann nicht einschlafen. Das aber musste sie, damit ich pünktlich um zehn vor zehn vor Ullis Salon stehen konnte. War Jette endlich eingeschlafen, schlich ich mich aus der Wohnung. Meist mit schlechtem Gewissen, mein Kind allein zu lassen. Ulli hätte nicht verstanden, warum ich sie nicht abholte. Für sie wäre es nicht standesgemäß gewesen, mit der Straßenbahn nach Hause fahren zu müssen. Nur Frauen ohne Mann oder solche, die sich ein Auto nicht leisten konnten, fuhren mit der Bahn. Ulli verstand auch nicht, dass es mich wütend machte, wenn sie mich fragte, was ich gerade denke. Ich brachte nicht den Mut auf, ihr zu sagen, dass ich zu müde sei, um mich mit ihr zu unterhalten. Das konnte ich nicht. Stattdessen zog ich sie aufs Sofa, sobald wir zu Hause waren. Ich vögelte mich frei von all meinem Druck und meiner Wut, während Ulli mich lustvoll in Hals und Schulter biss. Der Sex mit ihr war immer gut, und ich genoss, dass sie ihn genoss. So stellten wir das Gleichgewicht zwischen uns her und ertrugen den gemeinsamen Alltag lange.

Eines Tages verspätete ich mich doch einmal. Der Wartburg sprang nicht an, die Kerzen waren nass geworden, und ich musste schnell in Martins Garage rennen, um neue zu besorgen. Es war fünf nach zehn, als ich ankam, und im Salon brannte noch Licht. Von den anderen war nichts mehr zu sehen, und ich dachte, Ulli würde im Salon auf mich warten. Doch statt auf Ulli traf ich auf Sandra. Sie saß schluchzend in einem der rot gepolsterten Friseurstühle, neben sich eine leere Flasche Krimsekt. Die Schminke verlaufen, nuschelte sie: »Ulli is weg, un der Bernd auch.«

Die Klinke des Salons schon in der Hand, wollte ich mich rausschleichen. Stattdessen drehte ich mich um und fragte: »Willst du reden?«

Sandra nickte. Ich ging zum Tresen, holte mir ein Glas, öffnete eine neue Flasche und setzte mich in den Stuhl, der neben ihr stand.

»Der Bernd hat schon lange ein Auge auf unsere Chefin geworfen«, sagte sie. »Ich hab es gewusst, aber ich wollte es nicht wissen. Ich war zu beschäftigt mit der Revolution. War mir wichtiger als der Hausbau. Wichtiger als der blöde Shiguli.«

»Wichtiger als Bernd?«, fragte ich.

»Manchmal auch wichtiger als Bernd«, schluchzte sie. »Manchmal ertrage ich es nicht. Diese Leere, immer nur arbeiten und Geld und Party. Das ist so öde. Ich wollte nie Friseurin werden. Nie.« Sie schnäuzte sich und zog eine Club aus der Packung. »Haste Feuer?«

Ich nickte, zog mir ebenfalls eine Zigarette aus der Packung und gab uns Feuer. »Ist bei mir auch manchmal so«, flüsterte ich. »Manchmal frage ich mich, ob das alles war. Da muss doch noch was kommen, das kann's nicht gewesen sein. Verdammt, ich bin erst neunundzwanzig.«

Eine Weile saßen wir still nebeneinander. Sandras Kopf lehnte an meiner Schulter. Nur ihr leises Schniefen durchbrach ab und an die Stille. Ich kramte in meiner Tasche, hielt ihr mein Taschentuch hin. Sie nahm es, putzte sich die Nase und hob den Kopf. Sah mich direkt an. Braungrün changierende Augen, die waren mir nie aufgefallen. Ihr Blick intensiv. So durchdringend, als wisse sie etwas über mich, was ich selbst nicht wusste. Alles in mir spannte sich an, und für eine Sekunde wich ich ihrem Blick aus. Sie nahm meine Hand und flüsterte: »Ich will mich wieder lebendig fühlen.«

Ich griff mir die Flasche und trank. Sandra nahm sie mir aus der Hand und stellte sie auf den Beistelltisch. Saß in diesem roten Friseurstuhl und wiederholte: »Ich will mich wieder lebendig fühlen!«

Erst später, auf dem Weg nach Hause, wurde mir bewusst, dass ich nicht eine Sekunde lang an Ulli gedacht hatte. Ich ließ das Auto vor dem Salon im Parkverbot stehen. Ging zu Fuß und nahm einen Umweg über den Clarapark. Setzte mich unter den gerade noch erkennbaren Sternenhimmel auf eine Parkbank und rauchte. Eine Zigarette. Dann noch eine. Die Schachtel war fast leer, als ich mich gegen vier Uhr in die Wohnung, ins Bad schlich. Ich hatte gerade meine Hose heruntergelassen, als mein Blick den Blick meines Spiegelbildes traf.

»Du bist nicht glücklich«, sagte der Blick und ich antwortete mit müder Stimme: »Ich bin nicht glücklich.«

In diesem Moment öffnete Ulli die Tür.

Nora Northmann

Arielle

Der Blinde steht im Weg. Nein, er steht nicht, er kreist um sich selbst, mitten auf dem S-Bahnsteig. Wo ist der Ausgang? Sein langer Stock, der in einer weißen Kugel endet, findet die Richtung nicht. Pendler umströmen ihn, schimpfen, drängeln. Sobald sie erkennen, um was für ein Hindernis es sich handelt, verstummen sie, als wollten sie für den Blinden noch ein wenig unsichtbarer werden.

Kann ich Ihnen helfen?

Der Blinde macht einen Schritt auf die Stimme zu und hakt sich ein, so fest, dass Nadja ihre Frage sofort bereut. Jeden einzelnen seiner Finger spürt sie in ihrem rechten Oberarm. Die Knöchel seiner Hand berühren ihre Brust. Das kann auch Zufall sein.

Jungenfinger, denkt sie. Der ist doch kaum jünger als ich. Vielleicht achtzehn oder zwanzig. Wenn er nicht blind wäre, hätte ich ihn bestimmt geduzt. Dabei ist er angezogen wie ein alter Mann. Lebt er etwa bei seiner Oma? Die weite Hose ist zu kurz. In Bauchnabelhöhe wird sie von einem breiten Gürtel gehalten, das Hemd ist zeitlos, man könnte auch sagen: unmodern. Die Jacke – typischer Rentnerschnitt. Und diese Farbe! Aber er sieht ja nicht, wie er herumläuft. Oder es ist ihm egal? Das Größte in seinem Gesicht sind die offenen, blicklosen Augen. Unruhe ist darin und zu viel Weiß. Ständig irren die dunklen Pupillen in unterschiedliche Richtungen. Nirgendwo finden sie Halt, sie driften unkontrolliert in die Höhlen, rollen wieder heraus.

Der Junge lenkt Nadja mit dem Druck seiner Hand. Als wüsste sie nicht allein, wo es langgeht! Beim Gehen schiebt er den Hals vor, und sein gesenkter Kopf wippt bei jedem Schritt. Ein blinder Waldrapp mit strubbeligem, schwarzem Haar. Nadja ist müde. Sie hat keinen Blick mehr für schlecht frisierte Köpfe.

Achtung, gleich kommt die Treppe!

Er weiß es, längst hat sein Stock die erste Stufe ertastet. Oben angekommen, bleibt Nadja stehen.

Ich hab mein Fahrrad vor dem Bahnhofsgebäude angeschlossen, ich muss es jetzt holen. Dabei würde sie viel lieber sagen: Lass mich einfach mal los.

Macht nichts, ich warte, antwortet er.

Beim Öffnen des Fahrradschlosses lässt Nadja sich Zeit. Sie hockt neben ihrem Rad und beobachtet den Blinden durch die Speichen. Wie lange wird er wohl warten, wenn sie jetzt einfach wegfährt? Müsste sie dann ein schlechtes Gewissen haben? Aber, was sollte ihm schon passieren? Viele Leute sind unterwegs. Es ist schließlich Sommer und noch lange nicht Abend.

Als Nadja wieder neben den Jungen tritt, wendet er den Kopf zu ihr hin und will wissen, in welche Richtung sie gehen muss.

Die Puschkinallee entlang, antwortet sie so ungenau wie möglich.

Können Sie einen kleinen Umweg machen? Durch die Käthe-Kollwitz-Straße?

Wenigstens Bitte könnte er sagen. Ich bin doch heute früh nicht mit dem Rad zum Bahnhof gefahren, um jetzt zu Fuß einen Umweg zu machen!

Den ganzen Tag hat sie gestanden, ihre Beine sind so schwer, als würde eine nasse, dicke Plateausohle aus Lehm unter den Schuhen kleben. Heute war wieder einer dieser Tage, an denen sie sich wünscht, alle Menschen hätten Glatzen, die lediglich dann und wann poliert werden müssten. Sie will nur noch nach Hause und sitzt stattdessen in der

Gutmensch-Falle: Halbe Hilfe zählt nicht. Als sie eine resignierte, zustimmende Geste macht, hat sie plötzlich das Gefühl, der Junge beobachtet sie. Kann er das überhaupt mit diesen Augen, die sich ziellos durchs Nichts bewegen? Kann er vielleicht Hell und Dunkel unterscheiden oder sogar Gedanken lesen, helle und dunkle? Nadja schwitzt in ihrem dünnen Sommerkleid.

Wieder hält er ihren Arm so fest, als wären sie miteinander schon um die halbe Welt gewandert. Bei ihren Kunden hat sie keine Scheu zu sagen, was sie denkt. So kommt man auch gut ins Gespräch, die wollen ja sowieso alle reden. Bei diesem Jungen weiß sie nicht, was sie sagen soll. Was ist, wenn er gerade heute mit seiner Blindheit hadert? Weil er unglücklich verliebt ist oder vielleicht in der S-Bahn einen dummen Spruch gehört hat?

Seine Bewegungen verraten Unsicherheit im Raum. Wahrscheinlich konnte er noch nie in seinem Leben sehen. Geburtsblind nennt man das wohl. Nadja schiebt das Rad mit einer Hand, der Leerlauf surrt. Der Junge sagt entschuldigend: Ich habe ja nicht gewusst, dass Sie ein Fahrrad dabeihaben.

Kein Problem, es lässt sich es gut schieben.

Noch einmal müssen sie drei Stufen hinauf. Der Junge

schlägt vor: Wir können jetzt ein paar Schritte nach rechts machen, da ist eine Rampe.

Nein!!!

Wie leicht ihr nach diesem einen Wort wird. Sie kann sehen, nicht er! Sie bestimmt! Kein Rollentausch und nicht noch weitere Umwege, und wenn es auch nur zehn Meter sind! Oder dieses Nein zu hart, zu verletzend?

So fügt sie versöhnlich hinzu:

Vielen Dank, aber diese drei Stufen kann ich das Rad auch hochtragen.

Schon greift sie um, wechselt die Hand vom Lenker zum Steuerrohr, hebt das Fahrrad an.

Der Bürgersteig ist breit genug für drei Fußgänger, die nebeneinander gehen. Oder für zwei mit Fahrrad und Blindenstock. Aber jetzt kommt ihnen Alexander entgegen, Nadja begegnet ihm oft, aber wenn, dann lächeln sie sich zu. Alexander sitzt im Rollstuhl, spastisch von Kopf bis Fuß. Irgendwie schafft er es dennoch, sich vorwärtszuschieben. Nur lenken kann er auf diese Weise kaum.

Wir müssen noch weiter zur Seite, dirigiert Nadja den blinden Jungen. Da kommt ein Rollstuhl.

Sie macht einen Schritt nach links, dann fädelt sie den Blinden mit seinem überlangen Stock, das Fahrrad und sich selbst am Rollstuhl vorbei. Niemand stolpert, niemand kippt um, doch sie stößt sich das Schienbein am Pedal. Am liebsten würde sie stehen bleiben und losheulen. Vor Schmerz, vor Müdigkeit und vor Ärger. Aus der Schramme rinnt ein Blutfaden und trocknet rasch ein.

Eingehakt gehen sie weiter, biegen nach links um die Ecke. Es ist tatsächlich kein großer Umweg, muss Nadja eingestehen, eher ein kleiner Bogen. Der Junge sagt:

Meine Mutter wird sich wundern, wenn ich jetzt schon nach Hause komme!

Pause. Nadja schweigt.

Sonst arbeite ich nämlich immer bis halb fünf, und meine Mutter holt mich von der Bahn ab. Heute hat mein Chef mich früher Feierabend machen lassen. Er hatte wohl noch einen Termin mit seinem Auto.

Sein Mund lächelt, seine Augen kreisen.

Also doch nicht die Oma. Nadja übersieht den mehr als deutlich hingehaltenen Gesprächsfaden. Sie stellt sich eine graue Frau vor, die sich und ihren dunklen Jungen durchs Leben kämpft. Soll er doch lang und breit berichten von seinem Chef und seiner Werkstatt, seinen Kollegen und seiner Normalität. Sie wird nicht antworten.

Der Junge wechselt das Thema: Vor uns auf dem Gehweg, etwas rechts, kommt gleich ein flacher Hügel, da gehe ich immer über die Straße. Und dann am Restaurant vorbei.

Wenn er sich so gut auskennt, warum kann er dann nicht den ganzen Weg allein gehen?

Die Kugel am Blindenstock hüpft und ertastet den Weg. Nadja erkennt weder den Hügel noch irgendeine andere Erhebung. Ja, früher gab es hier zahllose Hubbel, weil die Wurzeln alter Bäume die großen Steinplatten anhoben. Stolperfallenweg, so nannten alle die Strecke. Inzwischen wurde der Weg mit kleinen Steinen gepflastert, aber es ist gut möglich, dass die Wurzeln wieder nach oben drängen und mit den Zeit alles wieder in Wellen legen.

Wissen Sie, ob es in dem Modegeschäft am Bahnhof auch Brautkleider gibt?

Die Frage holt Nadja zurück in die Gegenwart.

Kaum, antwortet sie. Das ist doch nur ein ganz normales Geschäft.

Der Junge wirkt enttäuscht. Er überlegt. Dann sagt er, als sei es das Selbstverständlichste der Welt: Ich trage gerne Frauensachen und wünsche mir ein Hochzeitskleid. Weiße Strumpfhosen und all das. Ich dachte, ich kann das vielleicht hier im Ort kaufen. Macht nichts. Ich habe auch schon meine Betreuerin gefragt. Sie wird mit mir ins Kaufhaus fahren. Dort gibt es bestimmt Hochzeitskleider.

Nadja bezweifelt, dass die Betreuerin in diese Einkaufspläne eingeweiht ist, hat aber noch keine Lust zu antworten. Der Junge holt tief Luft: Ich weiß schon ganz genau, wie ich aussehen will. So wie Arielle bei ihrer Hochzeit. Das Kleid muss oben ganz schmal und schulterfrei sein, unter den Knien soll sich der Rock bauschen und hinten zu einer kleinen Schleppe werden. Genau so ein Kleid möchte ich. Arielle sieht so wunderschön aus darin.

Wunderschön.

Ein Wort für Sichtbares. Vor Nadjas innerem Auge strahlt ein überweißes Bild: Das Fahrrad verwandelt sich in einen mit Schwanenfedern geschmückten Schimmel, den sie an der Longe führt. Neben ihr tänzelt der Junge im schulterfreien Hochzeitskleid, er sieht aus wie ein Sahnebaiser mit Blindenstock. Ein Bräutigam ist nicht in Sicht.

Arielle – kennen Sie den Film?, reißt der Junge Nadja aus ihren Gedanken.

Wie könnte sie Arielle nicht kennen, die kleine Seejungfrau, das Lieblingswesen ihrer Kindheit. Arielle mit den wunderbaren roten Haaren, lang, offen und wie schwerelos. Sogar, wenn sie gerade aus dem Meer auftauchte. Unzählige Male hat Nadja den Film gesehen, nur wegen dieser roten Haarwolken. Bis die Videokassette ihren Geist aufgab und den von Arielle gleich mitnahm. Vielleicht ist sie ja nur wegen dieses Films Friseurin geworden. Als sie übereifrig nicht, ist sie sich ganz sicher, dass er es sieht. Wie auch immer das gehen soll.

Ja. Arielle hat so wundervolle rote Haare.

Rote Haare?, wundert sich der Junge. Ich dachte immer, sie hat einen blonden Zopf. Aber die Haare sind ja auch egal. Das Kleid ist das Wichtigste.

Egal?!? Nichts hat er verstanden.

Der Junge strahlt in Richtung ihrer Stimme, und in seinen Augen erscheint der Hauch eines Lächelns:

Das Kleid ist so schön wie ein Traum.

Da begreift sie: Es geht gar nicht um das Kleid. Arielle ist für ihn eine Seelenverwandte. Sie will auch anders sein, als sie ist. Und am Ende findet sie sogar ihr Glück.

Noch zweihundert Meter, sagt der Junge. Wenn Sie mich dann noch über die Straße bringen, kann ich das letzte Stück alleine gehen.

Auf der anderen Seite bedankt er sich.

Nein, es hat mir wirklich nichts ausgemacht, Sie bis hierher zu begleiten, versichert Nadja und weiß, dass er sie durchschaut. Er durchschaut. Er hat ja Augen im Kopf.

Kräftig tritt sie in die Pedale, um die verlorene Zeit aufzuholen. An ihrem Oberarm spürt sie noch den Griff des blinden Jungen. Am liebsten würde sie jetzt sofort allen Menschen die Haare mit Henna färben.

Juliane Markov

Silberfischchen (Äthiopien)

Durch das weiße Haar der Greisin schimmert ein Lichtstrahl, als die Holztür wie an jedem Vormittag aufgestoßen wird. Fünf Kinder, ihre Urenkel, tragen die dünne Frau vor das Haus und setzen sie auf einer Matte aus Bananenblättern ab.

Allmorgendlich erscheinen Erinnerungsfetzen hinter den fast erblindeten Augen der Alten. Auf der lehmigen Erde des Hofes sitzend hatte sie früher ihr jüngstes Kind gestillt. Die Älteren hatten gespielt, die Hühner gejagt, die Ziegen von einem Ende des Zaunes zum anderen getrieben.

Ihre Urenkel stellen eine Schüssel neben sie, schöpfen mit ihren Händen das Wasser daraus und benetzen ihr faltiges Gesicht, den Hals und die Arme. Die Kinder kämmen Strähne für Strähne des langen Haares. Die Kopfhaut blitzt an einigen Stellen hell hervor.

»Großmütterchen, halt den Kopf etwas höher.«

Die Großmutter nickt, und ein »Tssss« entschlüpft ihrem

Zitronenmund. Die Kinder streichen behutsam das Haar aus dem Gesicht der Frau und klemmen es ihr hinter die Ohren. Mit roter Farbe reiben sie die dunkle Faltenhaut der Wangen ein. Die Augenbrauen ziehen sie mit rotbrauner Erde schwungvoll nach. Mädchen bringen wohlriechende Blumen, die üppig hinter dem Haus blühen. Daraus flechten sie einen Haarkranz und eine Kette, legen ihr beides um Kopf und Hals. Doch sie können den pelargonienhaften Duft, den ihr Körper verströmt, nicht überdecken. Auf die Innenflächen der Hände malen die Mädchen filigrane Muster mit Henna. Sie legen ihr ein weißes Tuch um die Schultern, zupfen hier und dort und heben sie schließlich auf eine Holzkarre, auf der sie sie durch das Dorf schieben.

»Na, Großmütterchen, wir fahren noch ein Stück, bis zum See.«

Die Karre rumpelt den Hang hinunter.

»Hui, hui«, rufen die Kinder, und die Großmutter zischt. Sie helfen der Alten vom Wagen und setzen sie an einem breiten Baumstamm ab, gegen den sie sich lehnen kann, ziehen ihr den Rock über die Knie, streichen ihr das Haar aus der Stirn und laufen zur Wiese, um Ball zu spielen.

Die Großmutter schaut auf den See. Ein frischer Wind kommt auf und kräuselt die Wasseroberfläche. Die Frau kneift die Augenlider zusammen, und auf dem See erscheinen hunderte silberne Fischchen, die sich bewegen und blitzen wie kleine Mondsicheln am nächtlichen Himmel.

Plötzlich wird die Alte unruhig.

»Meine Kinder haben noch nichts zu essen bekommen«, murmelt sie vor sich hin.

Aus der Tiefe ihres Gedächtnisses steigen die Bilder ihrer Kinder auf: das runde Gesichtchen von Kasech, die buschigen Augenbrauen Asrads, die ordentlich geflochtenen Zöpfe von Almaz und das ewig zuckende, nach Milch verlangende Mündchen Abebas, die an ihrer Brust liegt. Einen Moment kann sie die Erinnerung an die kleinen Körper festhalten, doch dann verschwindet sie. Es bleibt die Sorge.

»Ihr bekommt etwas, wenn ihr aus der Schule zurück seid«, verspricht sie und bekräftigt ihre Worte mit eifrigem Nicken. Dabei fällt ihr Blick erneut auf das Wasser. »Vielleicht kann ich euch ein paar von den silbernen Fischchen fangen.«

Die Großmutter stützt sich ab und rappelt sich hoch. Auf wackligen Beinen schafft sie es bis zum Ufer. Sanft umspült das Wasser ihre Füße, dann ihre Waden. Schon steht es ihr bis zu den Knien. Der Rock wird schwer. Das Wasser reicht bis zu den Hüften. Kleine Mondsicheln gleiten durch ihre Finger, umschwirren ihre Brust, hängen am Hals und schwimmen in ihren leicht geöffneten Mund. Das Haar liegt ausgebreitet auf der Wasseroberfläche wie ein weißer schwebender Teppich, über dem sich die Wasseroberfläche im nächsten Augenblick zärtlich schließt.

Katharina Beck

Rosarot

Viktoria sah sich im Zimmer um. Das Kleid lag sorgfältig über zwei Stühlen gebreitet, ein gebundener Strauß aus rosa und roten Blumen stand in einer Vase auf dem Tisch, daneben der Haarkranz. Alles war bereit. Sie knipste die Lampe aus und wusste, dass sie nicht schlafen würde. Zum Glück war der Friseurtermin schon um sieben Uhr. Die Nacht würde nicht allzu lang werden. Die letzte getrennte Nacht.

Pünktlich um sechs stand Hannah vor der Tür. Viktoria öffnete ihr in weißer Unterwäsche.

»Na, aufgeregt?«, fragte Hannah und schloss die Tür hinter sich.

»Und wie. Lieb von dir, dass du da bist.« Viktoria zog ihre Schwester ins Schlafzimmer. Sie war froh, dass Hannah ihr half, das lange Brautkleid anzuziehen, all die Knöpfe und Häkchen zu schließen, die Falten richtig zu legen. Viele Male war sie jeden der Handgriffe im Kopf durchgegangen, jedes Mal wie eine Generalprobe, sodass jetzt alles klappte.

Rechtzeitig saß Viktoria auf dem Stuhl vor der Friseurin, die ihre Haare zwei Stunden lang schnitt, eindrehte, hochsteckte, kleine rosafarbene Blüten hineinwob und alles festsprühte.

»Wunderschön«, bewunderte Hannah sie, als Viktoria den Kranz aufgesetzt hatte. »Eine richtige Braut. So wie du es immer gewollt hast.«

Viktoria nickte, lächelte durch den Spiegel ihre Schwester an, die hinter ihr stand. Die Friseurin begann, die blonden, auf dem Fußboden verstreuten Haare zusammenzufegen. Hannah hob eine Strähne auf.

»Eine Erinnerung«, rief sie und hielt Viktoria die Strähne hin. »Willst du eine Strähne behalten?«

»Nein«, lachte Viktoria und strich sich ein Haar aus dem Gesicht, »das brauche ich nicht, um mich an diesen Tag zu erinnern. Behalt du sie, als Glückssträhne.« Wie sehr wünschte sie ihrer Schwester, dass auch sie ihre Liebe fände. Hannah nickte langsam und drehte sich weg. Als die Friseurin begann, ihre Frisur einzusprühen, schloss Viktoria die Augen. Sie bemerkte nicht, wie lange Hannah brauchte, die Strähne in ihrer Hosentasche zu verstauen.

Sie trennten sich. Eine Stunde hatte Viktoria noch Zeit, bis die Kutsche sie abholen würde; mit zwei Schimmeln, einem Kutscher im Frack und ihrem Mann darin. Eine perfekte Hochzeit. Viktoria holte eine Flasche Wasser aus dem

Kühlschrank, goss sich ein Glas ein und betrachtete das Foto von Markus auf ihrem Küchentisch. Drei Wochen hatten sie sich nicht gesehen. Eine selbst auferlegte Trennung, um sich nach der Hochzeit richtig aufeinander zu freuen. Eine gute Idee von Markus, fand sie und nahm einen Schluck Wasser. Wie sie sich jetzt danach sehnte, nur seine Hand zu berühren, seine Lippen. Nun kannten sie sich schon so lange, und sie freute sich auf ihn wie eine Frischverliebte. Ein Tropfen, der an die Scheibe klatschte, holte sie aus ihren Gedanken. Es begann zu regnen.

So oft es ging, hielt sie seine Hand während der Trauung. Sie war besorgt, ob alles klappte, wie sie es geplant hatten. Es klappte alles, und am Ende des Festes hielt sie immer noch seine Hand, als sie durch den Regen über den Schlosshof in ihr Zimmer rannten.

»Die Ahnen sind bei uns«, rief Viktoria glücklich und öffnete das Fenster. Es donnerte.

Markus nahm sie in die Arme und sammelte die lose hängenden Blüten und Spangen aus ihrem Haar. »Jetzt bist du meine Frau«, flüsterte er.

Der nächste Morgen kam Viktoria unwirklich vor. Sie war jetzt verheiratet, mit dem Mann, der neben ihr lag und noch schlief. Sie küsste Markus und stand auf. Ihr Kleid lag sorgfältig auf einem Stuhl ausgebreitet, er hatte ihr gestern Abend lachend geholfen, die Haken und Knöpfe zu lösen, das Kleid über den Kopf zu ziehen. Seinen Anzug hatte er achtlos auf einen zweiten Stuhl geworfen. Darunter lag etwas Helles, Haare. Viktoria bückte sich. Das musste ihre Haarsträhne sein. Sie hob sie auf und legte sie auf den Tisch.

Die Hochzeitsgesellschaft traf sich zum Frühstück in der sonnendurchfluteten Orangerie. Danach wollte Hannah spazieren gehen, Viktoria kam mit. Akkurat geschnittene Hecken bildeten ein Spalier, über das ein Blätterdach rankte. Sie folgten den Wegen im Labyrinth, die rechtwinklig angeordnet waren. Sonnenstrahlen stahlen sich durch die Blätter und kleine Lichtpunkte tanzten in Viktorias Gesicht.

»Hast du Markus die Strähne gegeben?«, fragte sie ihre Schwester und hakte sich bei ihr ein.

»Ja, ... ich dachte, er ... soll sie haben, weil ... ihr doch zusammengehört.«

Viktoria lächelte sie an. »Aber du wolltest sie doch behalten, als Glückssträhne?!«

Der Weg vor ihnen teilte sich nach rechts und nach links. Hannah entschied sich für rechts. »Nein, er sollte die Strähne haben, weil ihr zusammengehört«, wiederholte sie und ihre Schritte beschleunigten sich. »Mir kann sie kein Glück bringen. Schon als ich sie eingesteckt habe, ist mir das klar geworden.«

Viktoria ließ ihre Schwester los und schaute sie an. Die sah starr nach vorn in das Blätterdickicht. Die Sonne drang kaum mehr hindurch.

»Markus hat sich gewundert, was er mit der Strähne soll«, fuhr Hannah fort. »Er hat deine Haare einfach auf den Tisch gelegt, und da haben sie die ganze Zeit gelegen«. Sie stockte, ihre Schritte verlangsamten sich, dann sprach sie zögernd weiter. »Ich musste immer hinschauen … Erst, als wir zur Trauung gegangen sind, hat er sie eingesteckt.«

Hannah konnte nicht weitersprechen, blieb stehen, drehte sich weg und schluchzte. Nur die hellen Kiesel auf dem Weg schimmerten in dem Dunkel. Viktoria nahm Hannah sanft bei den Schultern, fragte, was los sei, sah sie an, verstand nicht.

Hannah hielt sich die Hände vors Gesicht und weinte. »Es tut mir so leid«, schluchzte sie. »Es tut mir so leid. Ich wollte auch einmal so viel Liebe haben wie du. Wenigstens für drei Wochen.«

Nora Northmann

Die Puppe

Sophies Gedanken bündeln sich. Wie ein leuchtender Strahl laufen sie alle auf jenen Augenblick zu, an dem die Tür zum Weihnachtszimmer sich öffnet. Heraus flutet Feierlichkeit, sie duftet nach Wachs und Orangenschalen. Die Dunkelheit hat sich unter das Sofa verzogen. Umgeben von Unwirklichkeit bleibt Sophie in der Tür stehen. Weiter darf sie ohnehin nicht, so das ungeschriebene Familiengesetz, nicht einen Schritt weiter. Erst spielt die Mutter auf der Geige *Maria durch ein Dornwald ging*. Alle sieben Strophen des Liedes. Der Geigenbogen ist mit weißem Pferdehaar bespannt. Erst nach dem letzten Ton darf Sophie das Weihnachtszimmer betreten.

Die Mutter ist wunderschön. Sie trägt ein blaues Samtkleid und fünf schmale, goldene Armreifen. Die spielen ihre eigene Melodie. Der Vater steht neben der Mutter. Lautlos bewegt er die Lippen und wiegt den Kopf hin und her. Sophie schiebt millimeterweise ihren rechten Fuß über die

Schwelle. Hoffentlich blitzen die Strasssteinchen auf dem Lackschuh nicht verräterisch auf. Die Eltern schauen einander mit dem Lächeln der Erwachsenen an. Noch ein winziges Stückchen, dann kann Sophie ins Zimmer lugen.

Der Weihnachtsbaum strahlt, Sophie strahlt zurück. Ihr Blick gleitet unter den Baum. Dann schaut sie schnell wieder auf. Die Eltern sollen nicht denken, dass sie sich nur für die Geschenke interessiert. Das Große, Längliche im Hintergrund können nur die Skier sein, die sie sich lange gewünscht hat. Das in Sternenpapier eingeschlagene Paket ist rundlich und weich. Ein Kleid, ein Mantel oder etwas ganz anderes? Daneben Bücher, vielleicht auch ein Brettspiel. Aber wo ist die Puppe mit den langen blonden Haaren?

Sophie hatte die Puppe im Schrank ihrer Mutter entdeckt. Zufällig, hätte sie behauptet, wenn sie ertappt worden wäre. In Wahrheit hatte die Neugier sie an einem Sonntagabend ins elterliche Schlafzimmer getrieben. Aus dem Wohnzimmer waren Schüsse und Schreie zu hören gewesen. Wenn im Fernsehen ein Krimi läuft, kann man bei uns ein- und ausgehen, wir bekommen es nicht mit, hatte die Mutter einmal gesagt. Im Schlafzimmer war es dunkel. Sophie musste einige Minuten warten, ehe sich ihre Augen daran gewöhnt hatten und sie etwas erkennen konnte. Sie schlich zum Schrank des Vaters und leuchtete mit der Taschenlampe hinein, ohne ein verstecktes Geschenk zu finden.

Im Schrank ihrer Mutter standen Einkaufstüten. Der Strahl der Taschenlampe fiel auf lange, goldblonde Puppenhaare. Sie quollen aus einer der Tüten und legten sich wie von selbst um ihre Kinderfinger.

Mit angehaltenem Atem zog Sophie die Puppe aus der knisternden Tüte, um die weichen Strähnen in ihrer ganzen Länge zu berühren. Sie flocht die Puppenhaare erst zu einem, dann zu zwei Zöpfen und betrachtete ihr Werk. Im Wohnzimmer quietschten Autoreifen. Der Wecker zeigte einundzwanzig Uhr zwanzig. Zwischen den Leuchtziffern blinkten zwei Punkte. Sophie löste die Zöpfe, hüllte die Puppe wieder in ihr Goldhaar und achtete darauf, dass wieder einige Strähnen aus der Tüte heraushingen.

Keines der kunstvoll verpackten Geschenke unter dem Baum hat auch nur annähernd die Größe oder die Form einer Puppe. Über der Sternenspitze des Weihnachtsbaumes schweben, kaum sichtbar an einem Drahtgestell befestigt, zwei hölzerne Engelchen, die vor unvorstellbar langer Zeit der Vater von Sophies Urgroßmutter geschnitzt hat.

Mit strenger Miene, als wüssten sie Bescheid, sehen die Engel auf Sophie hinab. Und unter diesem Blick muss sie ihre Geschenke auspacken: die Skier, den flauschigen roten Mantel und drei Bücher, die der Vater ihr in den kommenden Wochen vor dem Einschlafen vorlesen wird. Schöne, liebevolle Geschenke.

Sophie spielt Überraschung und dass sie sich freut, weil ihre Wünsche auf wundersame Weise dem Christkind zu Ohren gekommen sind. Sie faltet das Geschenkpapier zusammen und streicht es glatt, so wie Erwachsene es tun. Vielleicht hat sie ja noch ein Geschenk, das wichtigste von allen, übersehen, weil es unter den anderen lag? Von der Tür aus konnte sie doch gar nicht genau erkennen, wie viele Dinge unter dem Baum lagen. Vergeblich rollt Sophie auch noch die Schleifenbänder auf, dann ist alles getan, und ihr wird klar, dass sie nichts übersehen hat. Der Zauberglanz des Zimmers verblasst, und die Kerzen verlieren ihr Geheimnis. Lichtpunkte, die nichts mehr versprechen.

Weil die Eltern nichts von Sophies verräterischer Enttäuschung merken sollen, zieht sie den neuen Mantel an, setzt trotz der Kerzenhitze im Zimmer die warme Kapuze auf und läuft zum Flurspiegel. Durch ihre Tränen kann Sophie sich nur unscharf erkennen, da ist nur etwas Rotes mit Beinen. Sophie dreht sich vor dem Spiegel, als wolle sie unbedingt wissen, wie der Mantel von hinten aussieht. Drehen macht leicht und glücklich, erst recht, weil ihr einfällt, dass sie ja in zwei Monaten Geburtstag hat. Ganz sicher hat die Mutter die Puppe dafür aufgehoben. Aber auch zum Geburtstag bekommt Sophie die Puppe nicht.

Am darauffolgenden Krimi-Sonntag schleicht sie wieder zum Schrank im Elternschlafzimmer. Die knisternde Tüte liegt in der hintersten Ecke. Ganz flach zusammengefaltet. Leer. Die Puppe ist fort, als hätte es sie nie gegeben. Erschrocken läuft Sophie zum Fernsehzimmer, die Mutter kann helfen, bestimmt! Als sie aber die Hand auf die Türklinke legt, wird ihr klar: Niemanden kann sie nach der Puppe fragen. Am allerwenigsten die Mutter.

Cordula Krause

Mellensee

Der Zug hält gleich in Jüterbog. Ihr fällt ein, dass von da ein Zug nach Zossen fuhr, der auch in Mellensee hielt. Verrückt, denkt sie, jeden Feriensommer verbrachten sie dort. Sofort sind Bilder im Kopf: das Flirren der Sommerhitze. Sandwege mit tiefen Löchern, manchmal mit Schutt aufgefüllt. Das Seeufer mit dem Schilfdickicht und den Rohrdommeln und Blesshühnern darin.

Wie viele Jahre ist das her? Dreißig vielleicht? Oder vierzig? Der Kopf sträubt sich gegen die Zahlen. Sie folgt einem Impuls und steigt in Jüterbog aus. Sucht auf dem Fahrplanaushang eine Verbindung nach Zossen.

»Das geht nur mit Draisine«, ruft ein Herr, der seinem Hund an der Leine folgt. »Warten Sie 'ne Weile, Frollein. Da kommen gleich welche. Die fahren Draisine.«

Sie hört das Wort Spaßgesellschaft. Was er weiter sagt, kann sie nicht verstehen. Der Hund hat seinen Herrn zu weit weggezerrt.

Auf dem Bahnsteig stehen Bänke aus Drahtgeflecht. Sie angelt die Flasche Wasser aus dem Rucksack. Setzt sich, lehnt sich zurück. Bindet ihr Haar zu einem Zopf.

Als sie ein Kind war, fuhr die Familie im Trabant nach Mellensee. Eine lange Reise mit viel Hausrat und Körben voll Essen. Das Gartentor aufschließen, die Laubentür. Die Fensterläden öffnen. Taschen auspacken. Die Campingmöbel auf die Terrasse stellen. Bei der Fischereigenossenschaft Trinkwasser holen. Auf den Bootssteg rennen und endlich die Beine ins Wasser tauchen.

Früher waren selbst die Sommer anders.

Sogar im Urlaub ging Mutter regelmäßig zum Friseur. Sie versuchte es so einzurichten, dass es nur ein oder zwei Mal nötig war. »Die Friseusen hier haben keine Ahnung, aber ich muss zum Friseur, mein Kopf juckt. Da beißt die Maus keinen Faden ab.«

Vater wurde grantig darüber, doch wenn Mutter den Satz mit der Maus und dem Faden sagte, war es sehr ernst, also nichts zu machen. Er fuhr sie mit dem Trabi den staubigen Weg entlang bis vor die Tür des Salons und wartete darauf, sie zwei Stunden später wieder zurückfahren zu können.

Nur einmal schaffte Mutter es, sie zu überreden mitzugehen.

Der Friseursalon befand sich in einer Art langgezogener Steinbaracke zwischen den Bahngleisen, Mauer an Mauer mit dem Wärterhäuschen. Die Zeit beim Friseur konnte in Schrankenschließzeiten und Zugdurchfahrten gemessen werden: alle Stunde ein Personenzug, alle zwei Stunden ein D-Zug. Zusätzlich fuhren Güterzüge. Die Schranken schlossen zehn Minuten vor jeder Zugdurchfahrt.

Mutter hatte keinen Termin für sie ausgemacht. So saß sie auf einem der Stühle an der Tür und wartete. Schob die Hände zwischen Kunstledersitz und Schenkel, damit das Schwitzen erträglicher wurde. Durch die Wand drang ein Knarzen, dann sprach jemand. Ein Rumoren im Wärterhäuschen folgte. Der Schrankenwärter lief an der Salontür vorbei, blickte kurz herein. Zog Grimassen oder winkte. Sie sah ihn zur Kurbel gehen, hörte das Bimbim, wenn sich die Schranke schloss. Meist warteten LKW davor oder Armeefahrzeuge der Russen. Bei den Güterzügen zählte sie die Waggons.

»Was soll es denn bei Ihnen werden?«, fragte die Friseurin.

Sie druckste. »Vielleicht etwas kürzer schneiden. Das reicht.«

Die Friseurin ging voraus zu einem Stuhl, den sie in dieser Art zuletzt beim Zahnarzt gesehen hatte. Nur die Nackenstütze fehlte. Das Kunstleder fühlte sich noch kühl an. Die Friseurin trat mehrmals auf ein Pedal, die Hydraulik hob den Sitz in Spiegelhöhe.

Ihre Mutter kroch unter der Haube hervor. »Sie kann eine Kaltwelle bekommen. Ich dachte an diese Frisur«, sagte sie und zeigte auf ein Foto aus der Neuen Berliner Illustrierten.

»Ganz genau so?«, fragte die Friseurin zurück, und Mutter versuchte wieder, sich aus ihrem Thron herüberzubeugen.

»Nein, nicht so kurz. Nicht so viele Locken.«

Eine zweite Friseurin flüsterte im Vorbeigehen: »Hoffentlich hat die Tochter nicht so dichtes Haar wie die Mutter. Sonst kannst du nämlich Überstunden machen.«

Die knochenförmigen Wickler wurden in eine Flüssigkeit getaucht, die stark nach Ammoniak roch. Sie schaute im Spiegel der Friseurin zu. Sah zu, wie sich auf ihrem Kopf Reihen aus dürren Holzknochen mit aufgewickelten Haaren bildeten. Träumte sich auf den Bootssteg am See.

Als sie unter der Haube saß, fing sie den Blick der Mutter auf. Den Gesichtsausdruck, der sie durch die Kindheit, durch die Jugendzeit gehetzt hat: die zwei steilen Falten über der Nasenwurzel, den zu einem breiten Strich verzogenen Mund, die etwas nach unten gezogenen Mundwinkel. »Was habe ich jetzt wieder falsch gemacht«, dachte sie.

Mutter sagte: »Du siehst aus wie ein Kind. Du siehst gar nicht aus wie ein schmuckes junges Mädchen. Setz dich gerade hin!«

Die Lockenwickel drückten sie da und ihr wurde heiß unter der Haube. Sie duckte sich darunter hervor, setzte sich auf den Stuhl neben der Tür, sah zu den wartenden Autos vor der Schranke.

Sie kann sich erinnern, dass sie die vielen künstlichen Locken mochte, weil sie der Mutter nicht gefielen.

Das Wasser aus der Flasche hat keine Kohlensäure mehr. Es schmeckt schal. Sie schaut zur Draisine auf dem Gleis drüben. Ein Zug fährt ein. Die Durchsage ertönt: Regionalzug nach Wittenberg. Auf dem Bahnsteig herrscht für einen Moment Trubel. Als der Zug abfährt, bleibt eine Gruppe Jugendlicher zurück, mit Bierkästen und Kühltaschen.

Der Hund zieht sein Herrchen zurück zum Bahnhofsvorplatz. »Jetzt geht's gleich los, Frollein. Die da wollen bestimmt nach Zossen.« Er gestikuliert mit seinem freien Arm zur Draisine hin. Die Jungs öffnen die ersten Bierflaschen. Das Drahtgeflecht drückt sie jetzt. Sie steht auf. Ärgert sich einen Moment, dass sie nicht weitergefahren ist.

Ein Mann in Uniform steht plötzlich auf dem Bahnsteig. Die jungen Leute bewegen sich langsam in seine Richtung.

Der ältere Herr hebt seinen Hund auf den Arm, spricht den Bahnangestellten mit dem Vornamen an. Redet auf die Jugendlichen ein. Holt Zigaretten aus seiner Hosentasche. Sie rauchen alle. Später sagt der Bahner laut: »Rauchen ist auf dem Bahnhof verboten.«

Zwei Jungs kommen zu ihr herüber, einer hebt ihren Rucksack auf seinen Rücken, der andere streckt ihr die Hand hin: »Ich bin der Felix«, sagt er. »Jetzt geht sie los, die Fahrt.«

Sie greift nach ihrer Wasserflasche und kann ein Grinsen nicht unterdrücken.

Es wird eine lustige Fahrt. Die Jungs streiten sich um den Platz an den Handhebeln. Sie will einen Kasten Bier als Fahrtkosten bezahlen, aber sie wollen lieber hören, was sie von der Bahnstrecke aus früherer Zeit noch weiß.

»Wie soll es da gewesen sein«, sagt sie. »Die Gebäude sahen anders verfallen aus, vielleicht weniger bunt. Ich sehe keine Armeefahrzeuge der Russen mehr. Dafür wächst die Natur üppiger.«

Die Draisine stoppt vor jeder Straße. Sie öffnen eine kleine Schranke über den Gleisen und sperren dann die Straße ab. Sie stellt sich vor die Schranke, breitet die Arme aus, wendet den Kopf nach links und rechts, sodass ihr Zopf durch die Luft wirbelt, und lacht.

Am Bahnhof Mellensee hängt eine Wanderkarte. Sie sucht nach den alten Dorfnamen und stellt fest, dass alle Dörfer eingemeindet sind. Sie läuft über das Feldsteinpflaster zum Bahnübergang hin. Die alten Kastanienbäume bilden ein Laubdach darüber.

Ein Trabant biegt auf die Straße ein. Der Motor röhrt, und das Auto hüpft mehr über das Pflaster, als dass es fährt. Warum genau jetzt, fragt sie sich und schaut dem Trabi nach, bis er vor dem Bahnhof hält. Vater wird dort gewendet haben, wenn er Mutter zum Friseur gefahren hat.

Sie geht um die Kurve auf die Hauptstraße, läuft über die Gleise, läuft wie automatisch weiter, als ob sie in Mellensee wohnen würde. Bleibt vor einem neuen Straßenschild stehen: »Am Schneidegraben«. Sie schaut von der kleinen Brücke hinunter in den Bach, der wieder klares Wasser führt. Erst beim Einbiegen auf den Feldweg zur Laube wird ihr bewusst: die Schranke gibt es nicht mehr. Sie geht langsam zurück. Bleibt auf dem Platz zwischen den Gleisen stehen. Die Bahnstrecke ist eingleisig, ist es wohl schon in den Feriensommern gewesen. Das zweite Gleis endet an einem Prellbock. Das erkennt sie jetzt, da auch die Steinbaracke mit dem Friseur und das Wärterhäuschen fehlen.

An dieser Stelle steht eine Werbetafel für einen Supermarkt.

Nora Northmann

Am liebsten mit Haut und Haar

Er sieht gar nicht so übel aus, nur ein wenig aus der Zeit gefallen. Seine lockigen Haare, die bis zur Schulter reichen, fallen über die Augen. Wahrscheinlich wird er auch heute kein Mädchen abbekommen. Trotzig wirft der Junge den Kopf zurück, und für einen Moment geben die Haare ein Gesicht frei, in dem noch nichts entschieden ist.

Lass dir nicht einreden, deine Nase sei zu groß, hatte die Mutter gesagt. Immer wieder verschafft sie sich Zutritt zu seinen Gedanken. Sie hatte ihm über den Kopf gestrichen, eine seiner wilden Strähnen eingefangen und um ihren Zeigefinger gewickelt. Du hast ein interessantes Gesicht! Und steh' nicht immer so krumm!

In Erinnerung an dieses Gespräch richtet er sich für ein, zwei Sekunden auf, ehe er die Schultern wieder fallen lässt, die Daumen in die Gürtelschlaufen seiner Jeans hängt und die Hüften nach vorne schiebt. Der Junge sinkt zusammen wie ein Zweimetermann, dem alle Türen zu niedrig sind.

Jetzt steht er bei seinen Kumpels und lacht, wenn die anderen lachen. Als sei er durch einen halbdurchlässigen Spiegel verborgen, beobachtet er ihre raumgreifenden Gesten, lauscht ihren Angebergeschichten. Wieso sind alle so selbstsicher? Es hält ihn nicht viel bei dieser lauten Truppe, aber er will auch nicht allein herumstehen. Wieder Gelächter, und er lacht mit. Der Blick eines Kumpels trifft ihn halb, gleitet an Nasenwurzel und Jochbein ab und kehrt zurück zur Gruppe.

Den ganzen Nachmittag hat der Junge Klamotten anprobiert. Am Ende sind es wieder das blaue Shirt und die schwarzen Lieblingsjeans geworden, beides so beliebig, als habe er nur eilig gegriffen, was im Schrank gerade oben lag. Als habe er es nicht nötig, sich über seine Kleidung Gedanken zu machen. Als sei dieser Abend nur einer unter vielen.

Die Musik setzt ein. Der Gitarrist gebärdet sich, als sei er der wiedergeborene Jimi Hendrix, und er macht es nicht schlecht. Verzerrte Klänge fallen auf das Publikum hinab, wecken Erwartungen, fordernd und voller Ekstase. Noch halten die Zuschauer Abstand voneinander. Sie sitzen auf Barhockern oder auf Bänken, an langen Holztischen. Über die leere Tanzfläche hinweg tastet man sich aneinander heran. Chancen werden ausgelotet, Unerreichbares wird gleich verworfen. Wie zufällig beginnt der Seitenwechsel. Die ersten Paare tanzen. Noch ist alles offen.

»Beach Music Festival« steht auf einem Transparent, das an der Bühne befestigt ist. Die Bühne steht direkt hinter den Dünen. Ein temporäres Unterhaltungsgestell aus Metallrohren und einer aus Paletten rasch zusammengezimmerten Tanzfläche. Ein Bauzaun zwischen Bühne und Meer verwehrt jenen den Zutritt, die ein kostenloses Vergnügen wollen. Die Saison ist kurz, niemand hat etwas zu verschenken.

Die Sonne geht unter, ohne dass es kühler wird. Es ist, als wolle der Tag nicht enden und die Nacht nicht beginnen. Scheinwerfer richten bonbonfarbenes Licht auf die Tanzenden, die Luft klebt, das Bier ist warm. In einem Bretterverschlag können zweiunddreißig Grad sich lange halten.

Alle fünf Minuten schaut der Junge auf sein Handy, als bekomme er ständig neue Mitteilungen. Oder er hält es nickend ans Ohr. Wie alle fotografiert auch er die Band. Die Silhouetten der Musiker laufen ineinander, sie sind unscharf und überstrahlt. Überflüssige Bilder, die für nichts zu gebrauchen sind, nicht einmal als Andenken. Der Junge betrachtet sie. Ob zwei Minuten vergehen oder fünf Jahre, er weiß es nicht. Es ist auch gleichgültig.

Er geht auf Blickfang. Vielleicht lässt sich ein Mädchen in betrunkener Übermütigkeit auf ihn ein. Oder es findet sich eine, die Mitleid hat. Oder eine, die neugierig ist. Er gähnt übertrieben und ärgert sich, weil das verraten könnte, wie es in ihm aussieht. In diesem Moment ist er froh, übersehen zu werden.

Der Junge steht im Weg, er wird angerempelt und geschubst. Seine Stimmung wird dunkel. Er hält die Bierflasche gegen das Licht, ein letzter Schluck ist noch drin. Betrinken will er sich nicht, aber ein zweites Bier, das geht noch. Wenigstens bemerkt ihn der Barkeeper.

Ein feinmaschiges Netz aus Unausgesprochenem hat sich über die Tanzenden gelegt. Nachtgedanken flattern umher wie blaue Falter. Scheinwerferlicht zuckt feuerrot, lila und weiß. Ab sofort werden Fragen mit Ja beantwortet. Der Junge schluckt. Ihm ist zum Heulen zumute. Mit Bier lässt sich der Druck gegen die Zungenwurzel nicht hinunterspülen.

Der Junge müsste tanzen, umherlaufen, sich bewegen. Um alleine zu tanzen, ist er ist noch nicht betrunken genug. Nur Mädchen tanzen alleine. Wie diese Rothaarige, die sich in ihrem Haar dreht. Als sie direkt vor der Bühne ankommt, gleitet ihr die Bluse von der rechten Schulter. Da nimmt der Sänger Witterung auf.

Das alles sieht der Junge überscharf. Um sich abzulenken, fingert er eine Zigarette aus der Packung, zündet sie an, tritt zurück und lehnt sich gegen einen Pfosten. Er spürt die

Kante am rechten Schulterblatt und stellt sich vor, es sei die Hand der Rothaarigen.

Schneid dir doch die Haare, flötet sie. Du siehst ja aus wie einer von früher!

Gegenüber steht ein Mädchen mit großen Ohrringen. Zwei runde Spiegel blitzen bei jeder Bewegung auf. Sonnenlicht und Mondschein. Das Mädchen bewegt sich im Takt, es will tanzen, aber nicht allein und erst recht nicht zwischen Paaren, die mit verschwitzten Umarmungen, getauschten Zigaretten und vom Alkohol angeheizt schon alles klargemacht haben. Die Ohrringe haben nichts genützt.

Sie wäre auch gern verschwitzt, verraucht, betrunken. Zu Hause hat sie vor dem Spiegel getanzt, bis sie sicher war, schön zu sein. Hier bemerkt niemand, dass ihr Körper Bewegungen erfindet, die viel versprechen.

An der Weinflasche nippend, flicht sie Gedanken zu Zöpfen. Von links zur Mitte, von rechts zur Mitte, und in der Mitte steht ein Junge. Schöne Haare hat er, aber eine zu lange Nase.

Ihr Hintern ist zu groß. Das wollen die Männer doch. Mutterworte, die das Mädchen zusammenzucken ließen. Ein ziepender Schmerz, der an eiliges Zopfflechten erinnerte, morgens, vorm Kindergarten. Das Mädchen wäre gern eines von diesen grazilen Engelsgeschöpfen, die anziehen können, was sie wollen. So wie die Freundin, mit der sie an diesem Abend gekommen ist und die gleich jemanden aus ihrer alten Klasse entdeckte. Den schau ich mir jetzt mal genauer an!, hatte sie gezwinkert. Seither ist sie verschwunden.

Glühwürmchen senden Lichtsignale aus, um zueinanderzufinden. Das Mädchen bewegt den Kopf, die Ohrringe funkeln. Besonders trickreiche Weibchen ahmen die Blinksignale einer anderen Gattung nach, um deren Weibchen anzulocken. Und zu verspeisen.

Sie hat nichts gegen die anderen, schöneren Mädchen. Sie möchte gesehen werden.

Hilft eine Beschwörung?

Er. Muss. Mich. Bemerken. Jetzt!

Tatsächlich löst der Junge sich von dem Pfosten, an dem er seit zehn Minuten lehnt. Sie zieht den Bauch ein, nestelt am Ausschnitt ihres T-Shirts, weiß nicht, wohin sie blicken soll, und versucht, seinen Blick einzufangen, ohne ihm in die Augen zu schauen. Immer näher kommt der Junge, ist nur noch eine Armlänge entfernt. Er geht an ihr vorbei und zur Toilette. Aus der geöffneten Tür fließt Neonlicht in den warmen Abend. Der Geruch eines scharfen Scheuermittels, vermischt mit Urin. Beim Verlassen des Klos sieht der Junge verändert aus. Er hat die Haare nass gemacht und nach hinten gekämmt, sodass die schönen Locken an seinem Kopf kleben. Entschlossen geht er ganz nach vorn. Zur Bühne.

Das Mädchen hält die Weinflasche gegen das Licht. Leer. Schade.

Auf der Tanzfläche drängen sich die Paare aneinander, ineinander, wer weiß das schon so genau. Lieber nicht hinsehen. Eine Wolke von Deo, Schweiß und Erbrochenem streift das Mädchen. Süßsauer, denkt sie angeekelt und steigt auf eine Bank. Im Dunkel flammen Feuerzeuge weiß auf, glimmen Zigaretten rot. Durch den Boden der Flasche beobachtet sie, wie der Sänger der Rothaarigen die Hand reicht. Er zieht sie auf die Bühne, wo sie weitertanzt. Vielleicht, überlegt das Mädchen und setzt die leere Flasche doch noch einmal an, sollte ich mir die Haare färben. Blond oder rot oder grün, Hauptsache auffällig.

Das Mädchen steht auf der Bank. Unter ihr wippen Hinterköpfe wie Haarmonster, es fällt schwer, sich die dazugehörigen Gesichter vorzustellen. Über die Köpfe hinweg fotografiert das Mädchen die Band. Die ist in künstlichen Nebel gehüllt und spielt ihren letzten Song. Auf dem Foto ist alles weiß, fast wie nach einem Atomschlag. Im Zentrum des Bildes ist ein rötlicher Schimmer zu erahnen. Das Mädchen löscht das misslungene Foto. Wäre das mit diesem Abend doch auch so einfach. Wieder hat sie keinen abbekommen.

Wenn sie den letzten Bus zurück in die Stadt noch schaffen will, muss sie jetzt gehen. Zu Hause wird sie ins Bett fallen, sich in den Schlaf heulen, am Morgen allein aufwachen, sich aus den Klamotten pellen und alles Klebrige grünlich abduschen.

Die Band hat ihre Instrumente zusammengepackt. Der Sänger ist mit der Rothaarigen verschwunden. Vor der Bühne steht der Junge, die Haare sind getrocknet. Nachtwind weht ihm die Locken ins Gesicht. Er wirft den Kopf zurück und kickt eine leere Bierbüchse ins Dunkel der Nacht.

Marion Pelny

Das Geschenk

Für meinen Mann ist es eher untypisch, dass er die ganz Zeit lächelt. Er saß am Abendbrottisch, strich die Leberwurst auf seiner Brotscheibe hin und her und wieder hin und zurück und schien mich völlig zu ignorieren. Ich wurde misstrauisch, obwohl ich dazu eigentlich noch nie einen Grund hatte.

»Was'n los?« fragte ich. Er sah überrascht auf.

»Was soll denn sein?«

»Du guckst so komisch.«

»Ich? Wieso?«

»Wenn ich es wüsste, würde ich ja nicht fragen.«

»Ich weiß nicht, was du willst, ich guck wie immer.«

Schön wär's, wenn er öfter so lächeln würde, dachte ich und beließ es dabei.

Am nächsten Tag hatte ich Geburtstag. Zu meiner Überraschung standen Blumen auf dem Frühstückstisch. An der Vase lehnte ein Briefumschlag. Ah, dachte ich, wahrscheinlich mal wieder ein Kinogutschein oder so was. Ich setzte mich, bestrich meine Toastscheibe mit Marmelade, hörte mit halbem Ohr die knappen Glückwünsche meines Mannes, alles Gute und so, Küsschen links, Küsschen rechts, und kaute müde mein Brot. Normalerweise redeten wir nicht viel beim Frühstück, so dass ich fast erschrak, als mein Mann in die Stille hinein sagte:

»Nun mach schon, guck doch mal in den Umschlag!«

Er strahlte mich an. Ich lächelte und tat ihm den Gefallen, nahm den Umschlag, wog ihn in der Hand, drehte und wendete ihn und sagte mit bedeutungsvollem Blick: »Was das wohl ist?«

Dann öffnete ich den Umschlag, der nicht zugeklebt war. Ich zog eine hellblaue Karte heraus. Schon mal kein Kino, die wäre schwarz mit blutrotem Schriftzug darauf. Auf dieser Karte prangte in großen breiten Buchstaben das Wort *Gutschein*. Mein Mann trommelte mit den Fingern auf die Tischplatte.

Ich klappte die Karte auf und las: *Gutschein für den Haarschnitt Ihres Lebens.*

Der Preis war sorgfältig durchgestrichen und nicht mehr lesbar.

Ein Friseurbesuch also.

»Oh, wie bist du denn darauf gekommen?« fragte ich ehrlich überrascht.

»Na, du mit deinen Locken, du schimpfst doch immer so. Die Frisur macht der Meister persönlich. Ich hab den im Fernsehen gesehen in so einer Vorher-Nachher-Show. Der macht das gut. Vielleicht kann der das mit deinen Locken ja auch.«

Ich nickte. Mein Mann hatte verpasst, dass ich seit zwei Jahren einen Friseursalon besuchte, mit dem ich sehr zufrieden war. Niedriges Preisniveau, keine lange Wartezeit, zügige Arbeitsweise und eine Friseurin, die mir nicht meine von der Natur gegebene Frisur auszureden versuchte. Ich brauchte es praktisch und unkompliziert. Bei meinen Haaren galt: waschen, an der Luft trocknen lassen, losgehen.

Nun also sollte ich nach dem Willen meines Mannes einen Starfriseur testen.

Ich zögerte noch ein paar Wochen, dann rief ich im Salon an und vereinbarte einen Termin beim Meister persönlich.

Schließlich kam der Tag und ich saß vor ihm. An den Wänden hingen zahlreiche eingerahmte Diplome und Urkunden, dazwischen Fotos von Schauspielerinnen oder Sängerinnen oder sonst irgendwie bekannten Diven, die dem Meister die Hand tätschelten oder denen er kumpelhaft einen Arm um die Schultern legte. Und jetzt saß ich vor ihm und sah im Spiegel, wie sich sein Mund beim Anblick meiner

Haarpracht zu einem »O« formte. Ich wusste nicht, was das zu bedeuten hatte. Der Gutschein jedenfalls gab eine Menge her: frische Farbe, eine Massage für die Hände während der Einwirkzeit und natürlich eine tolle Fönfrisur. Der Meister allerdings war nur fürs Haareschneiden und Stylen zuständig. Alles andere übernahmen seine Mitarbeiterinnen.

Ich fragte die Dame, die mir die Hände massierte, nach der Wirkung eines bestimmten Haarwaschmittels, das ich in einer der bekannten Drogerieketten gekauft hatte.

»Tut mir leid, zu den Supermarktprodukten kann ich nichts sagen, wir haben unsere eigene Produktserie«, antwortete sie in spitzem Ton und nutzte die Gelegenheit, mir diese Artikel vorzustellen. Es gab Mittel für vor dem Waschen, für das Waschen selbst, für nach dem Waschen und eine Pflege für »zwischendurch« – die Preise erwähnte sie gar nicht erst. Ich bemühte mich, Standhaftigkeit auszustrahlen und mir keines dieser Produkte wärmstens mit an die Kasse empfehlen zu lassen.

Nachdem die Handmassage beendet und die Einwirkzeit für die Farbe verstrichen war, kam der Meister aus einem der hinteren Gemächer wie auf ein geheimes Zeichen herbeigeeilt und begann, mein Haar zu schneiden. Ich fing an zu grübeln, ob mein Mann auch Frauen mit lockigem Haar in der Sendung gesehen hatte. Der Meister nahm Strähne für

Strähne, ließ sie gekonnt mehrfach durch seine Finger gleiten, bevor er die Schere ansetzte und sie nach einem kurzen »Schnipp« wieder fallen ließ. Bei der Menge meiner Haare dauerte es eine Ewigkeit, bis er überall etwas entfernt hatte. Ich sah verstohlen auf die Uhr und war froh, dass mein Mann heute sowieso später kommen wollte, weil ein Kollege noch seinen Geburtstag feierte. Also übte ich mich weiter in Geduld, bis der Meister seinen Tanz um mein Haar beendet hatte. Im nassen Zustand hing es platt an meinem Kopf und ich brauchte viel Vertrauen, mir vorzustellen, dass der Meister meine Lockenpracht wieder hinbekommen würde.

Wenig später wurde mir klar: Das wollte er gar nicht. Sorgfältig föhnte er über eine Rundbürste Locke für Locke glatt, sagte etwas wie: das würde seriöser aussehen. Unser Abschied voneinander fiel frostig aus.

»Kommen Sie doch gern mal wieder«, sagte er dennoch und hielt mir die Tür auf, als ich den Salon verließ.

Ich nickte stumm und hastete in die Einkaufsstraße, froh, dass es regnete und die Leute mit gebeugten Köpfen unter ihren Regenschirmen vorübereilten. So war die Gefahr gering, dass mich jemand erkennen und auf meine Frisur ansprechen könnte. Ich dagegen ließ meinen Schirm weg, während ich zum Parkplatz lief. Im Rückspiegel begutachtete ich das Werk, das der Regen vollbracht hatte. Das Haar war feucht geworden und begann sich nun wieder zu kräuseln, wie ich es liebte. Ich verdrängte die Frage, wie viel Geld ich da gerade im Regen ertränkt hatte. Zu Hause angekommen, wartete ich auf meinen Mann und war froh, dass ich aussah wie immer. Nur eine etwas andere Farbe, aber das würde er sowieso nicht bemerken. Allerdings hatte ich keine Ahnung, wie ich ihm in den nächsten Monaten erklären sollte, warum ich den Gutschein für den Starfriseur immer noch nicht eingelöst hatte.

Katharina Beck

Die erste Welle

Die Türglocke schellt, ein kleiner Mann mit dunklem Haar betritt den Laden in dem Backsteinhaus. In der Hand hält er einen Schirm, von dem Regen tropft. Er schließt den Schirm und bringt ihn zügig zu dem metallenen Ständer in der Ecke. Tropfen glitzern auf seinem schwarzen Mantel. Zögernd geht er durch den Raum, schaut sich um, schiebt zwei der dunklen hölzernen Stühle in die Mitte des Raumes, rückt sie ein Stück weiter zum Fenster. Dann nickt er, wendet sich zur Wand und dreht an dem Porzellanschalter; ein Blick nach oben, das Licht glimmt auf.

Es ist der 8. Oktober 1906.

Charles Nestle schaut in den strömenden Regen und fragt sich, ob es eine gute Idee war, seine Erfindung an einem Montag zu präsentieren. Er hat in vielen Zeitungen inseriert, jetzt kann er nicht mehr viel tun. Seinen nassen Mantel hängt er an die Garderobe, streicht den hellen Anzug und die Weste glatt. Katharina kommt aus dem hinteren Teil des Ladens mit einem Tablett voller Gläser. Er merkt ihr die Nervosität kaum an, sie strahlt.

Als sie und ihre Freundin Helen auf den beiden Stühlen sitzen, um sie herum das Londoner Publikum die Weingläser in den Händen hält, wird auch Charles Nestle ruhig. Die beiden Frauen drehen ihre Köpfe, schütteln sie, zeigen ihre Frisuren von allen Seiten. Am Ansatz sind sie glatt, nach ungefähr vier Zentimetern liegt das Haar in sanften Wellen. Charles Nestle schwört, dass die Haare mindestens einen Monat lang in Form bleiben, verrät aber nicht, wodurch. Er hat seine Erfindung noch nicht patentieren lassen.

Während die Augen der Zuschauerinnen leuchten, schauen die Friseure, die auch von weither angereist sind, spöttisch oder ungläubig. Es ist Charles Nestle klar: Funktioniert seine Idee, dann geht keine dieser Frauen mehr zum Ondulieren. Seine »Heißwelle« ist einfach viel besser. Und das zu Recht; sie ist das Ergebnis seiner jahrelangen Forschungen über das menschliche Haar. Wäre Katharina nicht gewesen und ihre Ausdauer, wer weiß, ob er es geschafft hätte. Er hatte sie in Paris kennengelernt. Und obwohl sie ihn kaum gekannt hatte, war sie bereit gewesen, für seine Versuche zur Verfügung zu stehen.

Karl Ludwig Nessler hatte sich schon als Kind in seiner

Schwarzwälder Heimat gefragt, warum sich die Wolle von Schafen kringelt. An Pflanzen hatte er beobachtet, dass ihre Blätter durch den Tau am Morgen zusammen gerollt waren und sich erst mit der Tageswärme glätteten.

Solche Gedanken bewegten ihn noch, als er Barbier wurde und in Salons in Basel, Mailand und Genf alles lernte, was es zu lernen gab. Über die Wellung des menschlichen Haares war das nicht viel. Durch das Ondulieren wurden die Haare mit einer Brennschere lockig gemacht, nur war die Pracht von kurzer Dauer. Aber der vornehme Coiffeur, bei dem er in Genf arbeitete, hatte es ihm angetan. Dieser arbeitete nur in Frack und mit dem Zylinder auf dem Kopf, sodass auch Nessler selbst einen Gehrock anzog, wenn er sich in den Salon aufmachte.

Fortan nannte er sich Charles Nestle, zum einen wegen des Klangs, zum anderen passte er sich damit seiner neuen Heimat an. Bald darauf, um 1895, zog es ihn nach Paris. Schon seit mehr als hundert Jahren war in Frankreich eine Technik bekannt, die Haare dauerhaft zu wellen: Die Croquignoles. Allerdings musste man die Haare zuvor abschneiden. Die Haarsträhnen wurden auf Holzstäbe gewickelt und vier Stunden lang gekocht. Wie nur, fragte sich Charles Nestle, wäre das auf dem menschlichen Kopf machbar?

»Es könnte klappen«, murmelt er, und Katharina Laible

sitzt ganz still auf ihrem Stuhl. Draußen ist es schon dunkel, aber der Raum ist hell erleuchtet. Charles Nestle nimmt eine ihrer braunen Haarsträhnen und legt sie um einen Metallstab. Fest mit einem Bindfaden umwickelt, steht der Stab mit der gewickelten Strähne senkrecht vom Kopf ab. Dann legt er ein nasses Flanellläppchen um den Metallstab.

»Was ist das?«, fragt Katharina.

»Geheimnis. Beweg dich nicht«, antwortet Charles. Er weiß, dass die alkalische Flüssigkeit ihre Kopfhaut verätzen könnte, aber auch, dass genau diese Flüssigkeit die wichtigste Zutat ist. Zuletzt stülpt er ein Pappröhrchen über den Metallstab, nimmt aus der Gasflamme eine heiße Zange und umschließt es damit.

Katharina schreit auf. Er hat versehentlich ihre Kopfhaut verbrannt. Charles Nestle legt die Zange zurück. Am Abend bastelt er kleine Filzringe mit einem Schlitz an der Seite, die fortan ihre Kopfhaut schützen sollen.

Katharina braucht einige Zeit, bis sie in den nächsten Versuch einwilligt. Dann aber ist die brennend heiße Zange ihrem Kopf wieder bedenklich nah. Zehn Minuten hält Charles Nestle die schwere Eisenzange fest zusammengedrückt um die Strähne, die in dem Pappröhrchen förmlich gekocht wird. Schweißperlen bilden sich auf seiner Stirn. Ihm gelingt es, auch mithilfe der Filzringe, die er vorher über die Strähne geschoben hat, Katharinas Kopfhaut nicht zu verbrennen. Als er die Zange wegnimmt und den Metallstab löst, fällt die Strähne ab. Charles Nestle schaut betreten auf den Haarstummel, den er bei seiner Freundin auf dem Kopf hinterlassen hat.

»Oh, entschuldige bitte«, nuschelt er. »Ich kaufe dir einen schönen Hut.«

Katharina befühlt ihren Kopf, dann bückt sie sich und hebt eine geringelte Haarsträhne auf.

»Es hat funktioniert«, ruft sie. »Mal sehen, wie lange sie gewellt bleibt.«

Als sie es beim dritten Mal versuchen, fällt keine Strähne ab. Katharina sitzt sechs Stunden still, um das ganze Haar in Wellen legen zu lassen. Helen kühlt ihre Kopfhaut währenddessen und wischt Charles den Schweiß von der Stirn. Ihm schmerzen am nächsten Tag die Arme. Aber sie sind glücklich, es hat geklappt. Katharina Laible trägt die erste Dauerwelle – Charles Nestle nennt es »Dauerondulation« – der Welt.

Vier Jahre nach der Vorführung in London, 1910, erhielt Charles Nestle das Patent für seine »Permanent Wave Machine«. Er warb in Zeitungen für die »Nestle Wellen« und behielt recht: Immer mehr Londoner Damen kamen in sein

Geschäft und wollten die Dauerwellen, obwohl die Frisur 105 Goldmark kostete. Als Charles Nestle 1909 die heißen Zangen durch elektrische Heizpatronen ersetzte, wurde die Arbeit leichter. Dazu erfand er eine Apparatur, an der er die Heizpatronen hochbinden konnte, sodass er sie nun nicht mehr selbst festhalten musste. Er vergab Lizenzen in England, Frankreich und Deutschland. Das Geschäft lief so gut, dass er 1911 im Londoner Zentrum, in der »Oxford Street«, ein »Haus der Dauerwelle« eröffnete. Hier ließ er auch die Heizpatronen konstruieren. Und als er genug davon hatte, war es möglich, mehrere zugleich auf den Kopf stecken. Die Prozedur einer Dauerwelle verkürzte sich deutlich.

Sie lächelt, mit etwas zusammengebissenen Zähnen. Ihre Haare stehen zu Berge. Etwa zwanzig lange Heizstäbe mit einem Gewicht von insgesamt einem Kilo stehen ihr senkrecht vom Kopf ab. Dünne schwarze Kabel gehen von den Heizstäben ab und laufen auf einen Ständer zu, der sie hält. Sie sitzt auf einem Stuhl und trägt ein graues Tweed-Kleid mit weißem Rundkragen. Eine helle Schärpe liegt schräg über ihrer Brust. »Miss Amerika 1926« steht darauf. Neben ihr steht ein älterer Herr, ebenfalls in Tweed. Er lächelt zu ihr herunter. Seine Haare sind schlohweiß, an den Seiten schon etwas gelichtet.

Als der Fototermin für die »New York Times« beendet ist, fährt Charles Nestle ins Palm-Restaurant. Der Chef begrüßt ihn und führt ihn an einen festlich gedeckten Tisch. Dann geht die Tür auf, und vier Kinder rennen auf ihn zu, hinter ihnen kommt Katharina herein und lächelt.

Die letzten fünfzehn Jahre waren nicht leicht für Charles Nestle und seine Familie gewesen. Sein Geschäft wurde mit Ausbruch des Ersten Weltkrieges beschlagnahmt, er selbst interniert. Aber er schaffte es, aus dem Lager zu fliehen, und schiffte sich als Mr. Miller nach Amerika ein. Seine Erfindung hatte er zwar auch in den USA patentieren lassen, doch es gab dort bereits viele nachgemachte ähnliche Geräte. Das hielt ihn nicht davon ab, wieder einen kleinen Laden zu eröffnen. Er warb mit seinem Namen. Schon nach einem halben Jahr konnte er sein Geschäft vergrößern. Er investierte in die Herstellung von Heimapparaten. Für fünfzehn Dollar konnte jede Frau nun einen Dauerwellapparat kaufen, mit Rückgabegarantie. 1926 war Charles Nestle Millionär. Er hatte Geschäfte in fünf amerikanischen Städten und fünfhundert Angestellte. Amerika, seine Frauen und besonders die Schauspielerinnen liebten die Nestle-Wellen. Die ersten vier Zentimeter am Haaransatz der Frauen waren noch immer glatt, dort, wo die Heizpatronen nicht herankommen sollten.

Vielleicht wollte Charles Nestle auch die Kaltwelle erfinden, als er 1928 all seine Läden und Patente verkaufte und sich in sein kleines Labor zurückzog, um sich ganz der Haarforschung zu widmen und Bücher zu schreiben. In Ruhe konnte er das nicht. Er verlor sein gesamtes Vermögen von 1,5 Millionen Dollar beim Börsencrash ein Jahr später.

Die meisten der Frauen im Publikum haben gelockte Haare. Sie klatschen enthusiastisch, als der alte Mann mit weißem Haar die Bühne betritt. Er kneift die Augen unter den buschigen Brauen zusammen, sie sind das Licht der Öffentlichkeit nicht mehr gewohnt. Eine stattliche Frau um die fünfzig schüttelt Charles Nestle kräftig die Hand und überreicht ihm Urkunde und Blumenstrauß. Wie gerne hätte er jetzt Katharina an seiner Seite. Er würde sie umarmen und sagen: Ohne meine Frau hätte ich das nie geschafft. Ihr gemeinsames Leben erstrahlt noch einmal kurz im Scheinwerferlicht. Es ist schon lange vorbei, denkt er und versucht den Frauen im Publikum zuzulächeln. Er sieht Katharina vor sich, krank und blass, und fühlt noch immer tiefen Schmerz, dass er ihr nicht hatte helfen können.

Bei der Verleihung des Ehrenpreises der amerikanischen Frauenbewegung steht Charles Nestle 1949 zum letzten Mal im Interesse der Öffentlichkeit. Auch wenn neun Jahre zuvor die Kaltwelle erfunden wurde, ein chemisches Verfahren, welches das Keratin des Haares aufbricht: Die Frauen haben den Erfinder der Dauerwelle nicht vergessen.

Cordula Krause

Frau Schmidt

Frau Schmidt kenne ich seit meiner Jugend. Sie hatte mir einiges voraus: sie war schon verheiratet, war schon berufstätig. Wir trafen uns oft beim Friseur, saßen dort nebeneinander vor den großen Spiegeln. Redeten über die Mode oder dachten laut über unsere Zukunft nach.

Ein junger Mann schaute uns von der Straße aus zu. Ich verliebte mich in ihn, heiratete, bekam Kinder. Die Suche nach einer Wohnung wurde wichtiger als eine gute Frisur.

Als wir in das Neubauviertel zogen, freuten wir uns über die große Wohnung und die paar Quadratmeter Garten hinter unserem Block. Wir hatten zu tun mit dem Alltag: arbeiten gehen und Kinder abholen, einkaufen, Wäsche aufhängen im Hof. Wir hofften auf unsere Wochenenden. Sie reichten nicht für unsere Träume.

Mein Mann zimmerte eine kleine Gartenlaube. Die Kinder tobten durch die Blumenbeete, kletterten auf die Obstbäume. In den Beerensträuchern spielten sie Verstecken.

Schmidts Garten grenzte an unseren. Sie pflanzten Edelrosen und exotische Büsche, Apfelbäume mit leuchtend gelben und mit rotbackigen Äpfeln, die besonders gut schmeckten. Neben ihrer Laube gab es einen kleinen Teich mit Seerosen und Goldfischen. Frau Schmidt baute Möhren an und Bohnen, Erbsen, Tomaten. Die Gurkenranken im Gewächshaus leuchteten bis in den Spätsommer hinein in kräftigem Grün. Auf den Kompost setzte sie Kürbispflanzen, deren Früchte im Herbst als orangefarbene Bälle an den Kompostbrettern hingen.

Ihre Blumen prangten so üppig wie im Katalog.

Herr Schmidt ging am liebsten im Anzug und mit Schlips. Selbst im Garten trug er ein Hemd und eine dazu passende Hose.

Eine gute Frisur wurde mir wieder wichtig. Ich nahm mir die Zeit, regelmäßig zum Friseur zu gehen, denn mein Mann hatte gelästert: »Ihr Frauen seht alle gleich aus. Seid ihr verheiratet, verpasst ihr euren Haaren eine Dauerwelle und tragt zu Hause eine Kittelschürze.«

Frau Schmidt lachte darüber. Im Friseursalon saßen wir wieder nebeneinander, konnten ungestört reden. Wir schütteten uns gegenseitig das Herz aus. Doch es blieb eine gewisse Reserviertheit. Ich meinte, sie schien von Frau Schmidt auszugehen, denn ich wagte es nicht, sie nach dem *Du* zu fragen. Nach dem Friseurbesuch standen wir in Schmidts Flur vor dem großen Spiegel. Ich bewunderte ihre neueste Mode und kaufte ihr Schals ab oder einen Mantel, oder ich freute mich über ein neues Kleid.

Die Nachbarn tuschelten im Hausflur. Sie wollten mich hineinziehen in ihr Geschwätz. Ging Frau Schmidt so gut angezogen, weil ihr Mann es so wollte? Wie konnten sie so eine große Wohnung bekommen, im Neubauviertel, noch dazu ohne Kinder! Warum musste ihr Garten unbedingt perfekt sein?

»Na und«, sagte ich. Trug dann das Kinn höher, und meine Hände griffen öfter als sonst in mein Haar.

Wenn ich im Garten war, sah ich sie harken und ordnen. Sah Herrn Schmidt vor der Laube sitzen und rauchen. Hörte ihn reden, hörte seine schnarrende, tiefe Stimme. Ich sah sie den Kaffeetisch herrichten mit bestickter Decke und selbst gebackenem Kuchen.

Bevor sich Frau Schmidt zu ihrem Mann setzte, zog sie sich etwas Sauberes an und richtete ihre Frisur. Wenn Herr Schmidt zu mir herübersah, war ich mir nicht sicher, ob er mich auslachte oder sich über den schönen Tag freute. Abends kamen Freunde zu ihnen, manchmal Kollegen. Dann hörte ich sie bis spät in die Nacht hinein schwatzen und lachen.

Nach Herrn Schmidts Herzinfarkt redeten alle, er müsse mit dem Rauchen aufhören. Aber warum denn, fragte Frau Schmidt. Sie organisierte Kuren, zu denen sie gemeinsam fahren konnten. Dann goss ich ihren Garten und bekam dafür die Erdbeerernte oder Tomaten und Gurken. Meine Kinder mit ihren Löchern in den Mägen; es blieb nichts übrig zum Marmeladekochen oder Gurkeneinlegen.

»An den Kindern sieht man, wie die Zeit vergeht.« So sprach mein Mann. Aber ich sah es auch an meinem Haar. Es wechselte von dunkelbraun über meliert nach grau, wurde brüchig und empfindlich gegen das Färben.

Ich hatte weniger Zeit für den Friseur, trug eine praktische Haarlänge bis zu den Schultern. Frau Schmidt blieb nach neuester Mode frisiert. Welche Haarfarbe sie wirklich hatte – ich wusste es nicht mehr.

Ich rannte und sorgte, doch es gelang mir nicht, meine Unzufriedenheit zu bändigen. Im Frühjahr dachte ich: Diesmal bist du schneller, du hast schon die Sonnenblumen gesteckt. Oder: Diesmal hast du die Erdbeerpflanzen eher sauber gemacht. Im Herbst nahm ich mir vor: Nächstes Jahr setzen wir Rasenkanten, da wächst die Quecke nicht in die Beete. Herr Schmidt half beim Besorgen der Kantensteine. Mein Mann stapelte sie hinter der Laube auf und vergaß, sie einzusetzen.

Das Jahr 1989 schüttelte unser Leben durcheinander. Ich wechselte mehrmals die Arbeit. Mein Mann saß oft nur vor dem Fernseher.

Der Friseursalon blieb bestehen. Dort erfuhr ich: Herr Schmidt wechselte vom »hohen Tier« zum Frührentner, und Frau Schmidt wurde arbeitslos.

Der zweite Herzinfarkt zwang Herrn Schmidt in den Rollstuhl. Er rauchte statt Zigarre nun Zigarette. Ich sah Frau Schmidt abmagern, drahtiger werden. Sie lernte das Autofahren, fuhr ihn zur Physiotherapie, zum Arzt, zur Reha. Als es ihrem Mann besser ging, organisierte sie Urlaubsreisen für sie beide.

Ich vermisste die gemeinsamen Stunden beim Friseur. Manchmal fand sie Zeit für ein paar Worte, unten am Gartenzaun.

Ein Jahr verging und noch eins. Schmidts hießen »der rasende Rollstuhl«. Frau Schmidt brachte es wieder fertig, den schönsten Garten zu haben, er wurde zu Schmidts Paradies.

»Sieh mal«, sagte ich zu meinem Mann. »Wir kriegen das nicht so hin. Sie haben alles besser im Griff als wir.«

Meine Kinder fanden Arbeit in anderen Städten und zogen fort. Wenn sie uns besuchen kamen, saßen wir zusammen im Garten. Dann luden wir Schmidts zu uns ein.

Aber dass Herr Schmidt schwer krank wurde, erfuhr ich, als wir vor den Friseurspiegeln saßen. Ich erschrak über ihr gedunsenes Gesicht, über ihre roten Augen. Ich weiß noch, wie ihr Körper zitterte, wie ihre Hände sich an einem Taschentuch festhielten, wie sie wieder und wieder sagte: »Mein Mann hat Krebs.«

Sie beantragte Pflegehilfen und Medikamente. Versuchte, Behandlungen zu organisieren. Bekam sie eine Bewilligung, trat schon die nächste Katastrophe ein. Sein Verfall ging so schnell und dauerte doch so quälend lange. Frau Schmidt wurde eine dürre Frau, und das Grau ihres Haares wuchs hervor. Sie versuchte, jeden Tag zu einem Feiertag für ihn zu gestalten. Sie kochte ihm sein Lieblingsessen und freute sich, wenn er etwas davon aß. Sie wählte sorgfältig die Kleidung aus; für drinnen so bequem wie möglich, aber wenn Schmidts aus der Wohnung kamen, meinten wir, sie gingen in ein Konzert.

Das Sommerfest unserer kleinen Gärten wurde zu Herrn Schmidts Abschiedsfest. Freunde von früher kamen. Er winkte mir aus seinem Rollstuhl heraus zu. Sein letzter Gruß für mich, es wurde mir zu spät bewusst.

Nach seinem Tod sah ich Frau Schmidt lange nicht. Sie verkroch sich erst in der Wohnung, dann zog sie für eine Zeit zu ihrer Schwester.

Heute Vormittag, als ich mit meinen Enkelkindern ein paar Kräuter für den Abendbrottisch pflückte, sah ich sie endlich in ihrem Garten.

»Na, Frau Schmidt, wie geht es jetzt. Ist das schön, Sie mal wieder zu sehen«, freute ich mich. Freute mich über die Frische, die sie ausstrahlte. Und ich freute mich auf eine neue Zeit im Friseursalon.

Sie trat aus dem Beet, schwenkte die abgeschnittenen Rosenköpfe zum Gruß.

Ich lehnte mich an den Zaun. »Und beim Friseur waren Sie auch wieder! So ein schicker Kurzhaarschnitt. Steht Ihnen gut. Wo waren Sie denn?«

»Ich war im Allgäu. War schön da.«

»Ja, jetzt, wo Sie reisen können, wann und wie Sie wollen, ist das nicht herrlich? Was habe ich Sie bedauert. Die Arbeit, die Sie hatten, ständig mit Ihrem Mann.«

»Ach was«, sagte sie, ging zurück ins Beet und schnitt wieder verblühte Rosen ab.

»Das haben Sie sich verdient, nach den schweren Jahren. Manchmal dachte ich, Sie hätten ihn nicht bis zum Schluss in der Wohnung behalten sollen.«

Ich sah, wie sie in der Bewegung innehielt, wie sie sich aufrichtete. Dann drehte sie sich zu mir und sagte: »Er hat mir jeden Wunsch von den Augen abgelesen.«

Nora Northmann

Wut im Bauch

Nichts hat sie begriffen, gar nichts. Hat immer noch
keinen Schimmer, was eigentlich los ist, und hält sich für
unschuldig. Oder sie tut sich Leid, das kann sie ja bestens
mit ihrem Ich-habe-es-schwer-im-Leben-Blick. Und dann
dieses verhuschte Getue. Gut, sie hat's nicht leicht mit ihrer
Mutti, die immer besser weiß, was richtig ist und was falsch.
Darum hat sie auch ständig diesen Befehlston drauf: Mach
dies mein Kind, mach das mein Kind! Die sagt wirklich
mein Kind zu ihrer Tochter, ich hätt's nicht geglaubt, wenn
ich es nicht selbst erlebt hätte: Beeil dich, der Papa wartet
zu Hause schon auf mich, mein Kind!, hat die Mutti gesagt.
Dabei weiß jeder, der Papa ist seit dem Schlaganfall nur
noch Gemüse und kann gar nichts mehr, nicht mal mehr
warten. Ist schon nicht leicht, solche Eltern zu haben, aber
andere Leute haben auch Probleme. Soll sie doch froh sein,
dass Mutti sich um den Alten kümmert, aber nein, immer
dieses Gejammere. Hätte sie eben richtig wegziehen müssen,

nicht nur drei Ecken weg von der Elternwohnung. Als Friseurin findet die doch überall einen Job.

Ich bin das erste Mal von zu Hause weg, da war ich vierzehn. Hab ein halbes Jahr auf der Straße gelebt, mit Lumpi, den konnte ich doch nicht bei meinen Alten lassen. Hab ihn zwar aus Mitleid mitgenommen, aber bald gemerkt, dass das eine super Idee war. Wenn du 'nen Hund dabei hast, geben dir die Leute eher was. Ob sie das machen, weil ihnen der Hund leidtut? Oder denken die etwa, wer 'nen Hund hat, kann nicht völlig verdorben sein? Egal, es funktioniert jedenfalls. Fast zwei Jahre war ich auf der Straße. Dann kam ein Typ im Väteralter, der machte einen auf total nett und verständnisvoll, Sozialarbeiter oder so. Hat auch mal 'ne Kippe spendiert und 'nen Kaffee und wollte erst immer reden, reden, reden. Bis es losging mit der Fragerei. Wo ich denn herkomme. Ob ich will, dass meine Mutter sich Sorgen macht, und ob die überhaupt weiß, wo ich bin. Wenigstens anrufen sollte ich sie mal. Bescheid sagen, dass ich noch lebe und so. Hab ich auch wirklich gemacht. Das war ein schwerer Fehler, weil ich nicht gepeilt hab, dass der alte Typ von der Jugendhilfe war. Meine Alte hat am Telefon geheult wie ein Schlosshund: Komm bitte, bitte zurück, Nancy, meine kleine Nancy. Und wer heult wie ein Hund, der kann nicht völlig verdorben sein. Hat der von der Jugendhilfe gesagt.

Ich war so blöd und hab's ihm geglaubt. Aber als ich dann wieder zu Hause war, da ging das ganze Theater von vorne los, wegen dem ich überhaupt erst abgehauen bin: Mein liebes Fräulein, was bildest du dir überhaupt ein? Nimm dich nicht so wichtig! Und was du für Klamotten anhast. So gehst du mir nicht aus der Wohnung. Die Nachbarn reden schon, was sollen die denn von mir denken? Dass deine Mutter sich nicht um dich kümmert, oder was?

So ist das halt auf dem Dorf. Aber ich hab dann doch noch die zwei Jahre durchgehalten, ehe ich endgültig weg bin. An meinem achtzehnten Geburtstag, den die Alte natürlich verpennt hat. Es war Schicksal, weil ich gleich an diesem Tag Tom kennengelernt habe. Das war echt Liebe auf den ersten Blick! Wir hatten eine tolle Zeit, eigene Wohnung und so, ich hab da alles schick gemacht mit Fototapete und so, während er auf Arbeit war. Ständig musste er arbeiten, besonders nachts und an den Wochenenden. Aber ein fleißiger Mann ist was Gutes, wir haben uns schließlich auch einiges leisten können. Bis ich merkte, dass er auch mit anderen eine tolle Zeit hatte. Da ist für mich echt 'ne Welt zusammengebrochen. Na schönen Dank, bloß nie wieder so einer, hab ich mir geschworen.

Ich bin Verkäuferin. Na ja, eher Aushilfe. Das war noch so eine Idee von meiner Mutter, damals, in meiner Durchhaltezeit. Hatte ja keinen richtigen Abschluss. Aber mit Leuten reden und freundlich sein, das kann ich. Kasse kann ich auch. Hab in allen möglichen Läden gearbeitet. Als ich in der Drogerie angefangen hab, wusste ich gleich: Das isses! Ich bin mit Duft in der Nase eingeschlafen und aufgewacht. Einfach toll! In der Drogerie hab ich auch Maiki kennengelernt. Nicht gerade Liebe auf den ersten Blick, aber gut. Der Maiki kam also in den Laden und suchte einen sanften Herrenduft. Erst dachte ich, der ist schwul. Hab aber schnell gemerkt, dass er nur ein ganz Schüchterner ist. So was spürt man einfach. Der dachte, er hat bessere Chancen bei den Frauen, wenn er gut riecht. Und da hatte er gar nicht mal unrecht, denn ich hab ihm meinen Lieblingsduft empfohlen. Das war der Anfang. Maiki ist so ein ganz Zarter, wie dankbar der mich angesehen hat!

Ich hab ihm immer Mut machen müssen, weil er sich einfach nichts zugetraut hat. Auch nicht mit seinem Friseursalon, den hatte er vom Vater geerbt, der ihn wiederum von seinem Vater geerbt hatte. Maiki, hab ich gesagt, ich versteh nicht, dass du bisher keine Frau gefunden hast, die kommen doch in Scharen zu dir. Aber letztlich war das ja auch mein Glück. Dachte ich. Und als ich den Laden das erste Mal gesehen habe, war mir gleich einiges klar. Altes Familiengeschäft und voll muffig. Maiki, hab ich gesagt, das machen wir alles neu, du wirst dich wundern, wie der Laden läuft mit richtig Farbe an den Wänden und coolen Möbeln! Wochenlang haben wir uns ausgedacht, wie das alles aussehen soll. Damals war unsere beste Zeit, glaub ich. Nach einem Jahr war wirklich alles, wie wir uns das erträumt hatten: totschick! Seine Angestellten sollten aber nicht wissen, dass wir zusammen sind, darum musste ich immer bezahlen, wenn ich kam. Kein Problem, hab ich gesagt, auch wenn mich das schon geärgert hat irgendwie, andere machen ja ganz andere geheimnisvolle Spielchen! Dabei hab ich ihn in die Seite geknufft. Ganz zart.

Zwei Jahre lief das richtig gut mit uns. Irgendwann dachte ich sogar, wär' doch schön, jetzt ein Kind zu haben. Aber da wollte Maiki nicht ran, sondern erst mal richtig leben und so. Hab ich natürlich verstanden, er ist ja fünf Jahre jünger als ich. Nur nichts überstürzen, wir wollen doch erst mal richtig leben, meine Süße. Das hat er gesagt. Maiki hat viel gearbeitet. Leben und so kostet ja auch Geld. Und ich hab ihm vertraut. An unserem dritten Kennenlerntag wollte ich ihn von der Arbeit abholen, zum Kände-Leit-Dinner, oder wie das heißt, ich hatte als Überraschung 'nen Tisch im Ratskeller bestellt. Und wie ich in den Laden komme, sehe ich, wie er mit der Neuen rummacht, die seit einigen Monaten bei ihm arbeitet. Die himmelt ihn an wie eine blöde Pute, hat er selbst gesagt, und ich hab ihm abgenommen, dass sie überhaupt nicht sein Typ ist und ich mir keine Sorgen machen muss. Kein Wunder, dass mir bald die Augen rausgefallen sind. Hab zuerst weglaufen wollen, aber bin dann doch geblieben. Hab mir die Haare rot färben lassen von ihr. Und Maiki dabei die ganze Zeit angesehen. Der sollte ruhig wissen, dass ich Bescheid weiß.

Am Abend hat er dann alles zugegeben, es sei so passiert und eigentlich nur einmal und aus Mitleid, weil ihr Vater gerade einen Schlaganfall hatte und sie jetzt der Mutter helfen muss, dabei ist sie gerade erst ausgezogen von zu Hause und so. Hab mich beruhigt, aber so richtig vertrauen konnte ich ihm auch nicht mehr. Jede Woche bin ich mindestens einmal zu ihm in den Laden gegangen, Kontrollbesuch und so. Wegen der Angestellten hab ich mir jedes Mal die Haare umfärben lassen. Die Neue hat schon die Augen verdreht, wenn ich kam, weil sie wusste, dass ich von ihr frisiert werden will. Einmal wollte Maiki das selber machen, aber da hab ich ihn nur angesehen und er hat's gelassen.

Das ist ein Weilchen so gegangen mit meinen Überraschungsbesuchen, nichts Auffälliges. Ich dachte schon, es ist alles wieder gut. Und dann, am Freitag vorm ersten Advent, ich sitz' mit grünen Haaren unterm Trockner, da seh' ich im Spiegel, wie Maiki hinterm Tresen der Neuen ganz zart über den Bauch streicht. Und der ist rund!!! Da hab ich plötzlich auch verstanden, warum die in letzter Zeit immer so weite Kittel getragen hat! Mir wurde ganz schlecht. Hab mir nichts anmerken lassen und sogar ein fettes Trinkgeld gegeben. Zu Hause hab ich erst geheult und dann nachgedacht. Das sollten die mir büßen!

Bis heute lief alles nach Plan. Kurz vor Weihnachten ist ja immer totaler Stress im Laden, darum sollte der Dreiundzwanzigste mein Tag werden. Ein Donnerstag, hätte ich mir nicht besser aussuchen können. Ich bin also kurz vor Feierabend rein und hab ihr gesagt, dass ich zum Fest die Haare zweifarbig will. Und zwar nicht strähnchenweise, sondern in Ringen um den Kopf. Mir war schon klar, das wird zu viel. Seit dem letzten Blondieren waren meine Haare total brüchig. Die blöde Kuh meinte, das geht nicht mehr, vielleicht lieber nur schneiden, ganz vorsichtig, aber ich hab gesagt: Wer ist denn hier der Kunde? Also hat sie's gemacht. Zweifarbig. Und dann brachen wirklich alle Haare ab. Ich sah so scheiße aus! Ich, als Stamm-kun-din! Jetzt musste er sie rausschmeißen, das war klar! Maiki hat wirklich getobt, ich bin sicher, das war echt. Schließlich hatten wir ja mal 'ne schöne Zeit miteinander, und da tut es schon weh, wenn die Frau, die man mal geliebt hat, scheiße aussieht. Außerdem musste Maiki ja seine Chef-Rolle spielen. Hat er prima gemacht, echt. Damit mein Plan aufgeht, hab ich noch gebrüllt, so laut ich konnte. Kein Kreischen, eher ein Quietschen, das einem so durch und durch geht. Und ganz laut! Die blöde Kuh ist ganz blass geworden und hat zu Maiki geschaut, und ich hab nochmal geschrien, lauter als vorher und schrill. Das war mein Schrei, als ich auf der Straße gelebt habe. Mein Verteidigungsschrei. Inzwischen bin aus der Übung. Hat richtig wehgetan im Bauch. Ich wollte noch einmal und noch lauter brüllen, ging aber irgendwie nicht. Nur so ein Geröchel kam. Da sehe ich das Blut. Mir wurde richtig schwindlig! Was ist los, hab ich gedacht. Da sehe ich die Schnepfe mit der Schere in der Hand, und Maiki ist auch total voll Blut, das in Stößen bei mir aus dem Hals kommt.

Meine Rache habe ich mir zwar anders gedacht, aber nun ist es zu spät. Nichts mehr zu ändern. Tschüss Maiki, das war's dann wohl. Keine kleine Familie mit deiner Süßen! Die bekommt jetzt richtig Ärger. Schade, dass ich das nicht mehr erleben kann.

Sylvia Tornau

Begegnung

Eines Tages fuhr Gerlind, die Tochter eines Zimmermanns, mit ihrer Schulklasse in die nahe gelegene Stadt. In der Konzerthalle wurde für die Schüler der umliegenden Dörfer ein Klavierkonzert gegeben. Bach, die Goldberg-Variationen.

Die Mädchen lachten, zupften Haare und Kleider zurecht und atmeten einen Hauch der Möglichkeiten des Lebens. Die Jungen stöhnten auf, als sie den Saal mit den schweren Samtvorhängen und den ausladenden Kronleuchtern betraten. Im Raum raschelte, surrte, schnatterte und kicherte es. Ruhe kehrte ein, als der dritte Gong verhallt war und die Türen geschlossen wurden. Die Pianistin nahm mit einer angedeuteten Verbeugung vor dem Publikum ihren Platz auf der Bühne ein.

Gleich die ersten Klänge trugen Gerlind davon. Alles, wofür sie im Alltag keine Sprache fand, wurde von flinken

Fingern in den Flügel diktiert und hallte von den Wänden zurück in den Saal. Gerlind lauschte. Sie vergaß die Mitschüler, die Lehrer, den Konzertsaal. Fiel blindlings hinein in die Fremde jenseits des bisher Vertrauten. In diesem Moment verliebte sie sich in die klassische Musik. Eine Liebe, die immer zu ihr fand, wie weit sie sich auch von ihr entfernte.

Zurück im Dorf, schwärmte Gerlind vor dem Vater von dem Konzert und sprach: »Eines Tages bin ich Musikerin«.

»Das ist nichts für Leute wie uns«, entgegnete er. »Man muss sich begnügen. Man ist, was man ist. Da gibt es kein Rütteln.«

Gerlind verharrte nachdenklich, bevor sie antwortete. »Dann soll es ein Handwerk sein. Ich werde Zimmerin.«

»Ach, das ist nichts für dich«, bemerkte die Mutter, die in diesem Moment den Raum betrat. »Du wirst einmal eine Frau und deine Hände sind schmal. Was du brauchst, ist ein Frauenberuf.«

»Wenn die Mutter es sagt, wird es wohl richtig sein«, dachte Gerlind und bemerkte weder den wachen Blick noch das Schmunzeln der Großmutter, welche die Szene aus ihrem Sessel am Fenster beobachtete.

Die Jahre vergingen. Gerlind wuchs heran zu einer Frau mit einem Frauenberuf. Mit geschickten Händen und einem freundlichen Wesen gesegnet, wurde sie als Friseurin beliebt, und es mangelte nicht an Arbeit.

»Das ist ein solider, ein ehrlicher Beruf!«, sagte der Vater und war stolz auf sie.

»Das ist damenhaft«, befand die Mutter und war zufrieden.

Jahre später, an einem milden Frühlingstag, stellte eine junge Frau vor Gerlinds Geschäft einen Schemel auf. Gerlind nickte ihr durch die geöffnete Tür freundlich zu. Die Frau öffnete einen Koffer und holte eine Violine heraus. Während sie ihr Instrument stimmte, massierte Gerlind den Schopf einer Kundin. Die Musikerin richtete sich auf, hob die Violine ans Kinn. Gerlind trocknete das Haar der Kundin und griff nach einer Schere. Die ersten geschickt gesetzten Striche des Bogens über die Saiten verklangen. Gerlind hielt in ihrer Bewegung inne und lauschte. Schmeichelnd entwickelten sich die Töne bald drängender, treibender, um plötzlich zu verebben und aus der Stille wieder emporzusteigen. Die Goldberg-Variationen. Ein vibrierendes, morgenfeuchtes Spinnennetz wob die Musik auf der Haut der Friseurin, verband sich mit ihr, wurde eins. Die Klänge breiteten sich aus, und selbst das schmächtigste Haar an ihr richtete sich auf vor Spannung. Wie in Trance schnitt sie das Haar. Kürzte hier, ließ dort lang, raspelte, toupierte und kämmte im Rhythmus des Spiels. Als der letzte Ton verklungen war, fiel Gerlind die Schere aus der Hand. Sie starrte ihre Kundin an. Nach einem Moment des Schweigens brach diese in freudiges Lachen aus.

»Großartig!«, jubelte sie, sprang vom Stuhl auf und umarmte Gerlind.

Die Musikerin packte währenddessen das Instrument in den Kasten, klappte den Schemel zusammen und verschwand im Gedränge des Abendverkehrs.

Am nächsten Abend, kurz vor Ladenschluss, tauchte die Musikerin erneut vor dem Salon auf. Gerlind verabschiedete sich von ihrer letzten Kundin, kehrte den Boden, löschte die Lichter und schloss die Tür ab. Die Musikerin lehnte an der Hauswand und wartete.

»Dein Spiel gestern hat mich froh gemacht«, sagte Gerlind und zeigte zögernd auf die feingliedrigen Hände der anderen, jüngeren Frau. »Mit ihnen wirst du noch Großes vollbringen«.

Die Musikerin legte den Kopf in den Nacken und lächelte, dann nickte sie. »Ich habe eine Idee«, sagte sie. »Deswegen bin ich zurückgekommen.«

Die Frauen blickten einander einen langen Moment in die Augen. Wenig später saßen sie in einem nahe gelegenen Café und waren ins Gespräch vertieft.

Wer in den nächsten Tagen an Gerlinds Geschäft vorbeiging, fand den Laden verschlossen. Im Salon sah man sie mit flinken Fingern Perücken schneiden. Leise drangen Klänge eines Violinspiels aus dem geöffneten Fenster und verloren sich im Rauschen der Straße.

Neun Wochen später, der Hochsommer hatte längst Einzug gehalten, strömten viele Menschen zum Marktplatz. Es hatte sich herumgesprochen, dass es heute ein Spektakel geben würde. Unter den Neugierigen und Schaulustigen fand sich auch Gerlinds Familie. Vater, Mutter und Großmutter waren gekommen. Die Turmuhr schlug acht. Die Friseurin und die Musikerin betraten die Bühne. Sie verbeugten sich vor dem Publikum und gingen an ihre Plätze. Gerlind nickte einer grauhaarigen Frau zu. Mit zaghaften Schritten trippelte diese auf den in der Bühnenmitte stehenden Friseurstuhl zu, überreichte Gerlind einen Zettel und setzte sich. Die Stille auf dem Marktplatz wurde nur von leisem Hüsteln und dem Gurren der Markttauben unterbrochen. Nach einem Blick auf das Papier in ihrer Hand rief Gerlind an die Musikerin gewandt: »Das Lacrimosa aus Mozarts Requiem, bitte.«

Die Musikerin nickte, hob die Violine und strich mit dem Bogen die ersten Takte. Gerlind bewegte sich nicht. Sie starrte auf den Kopf der Grauhaarigen. Unterdrücktes Lachen aus dem Publikum wurde von leisem Zischeln der Großmutter unterbunden. Ein paar Schaulustige erhoben sich.

Gerlind nahm die Schere und begann. Sie kürzte hier, ließ dort lang, hielt inne und lauschte für einen Moment der Musik, bevor sie erneut schnitt und raspelte und kämmte. Fünfmal erklang das Lacrimosa auf der Violine, und mit jeder Wiederholung spiegelte sich ein wenig mehr von dessen Zauber in den Mienen der Schaulustigen. Keiner sprach mehr, einige gaben sich den Klängen mit verschlossenen Augen hin, andere hielten einander bei den Händen.

Zwanzig Minuten später ließ Gerlind Schere und Kamm sinken und gab der Grauhaarigen einen Spiegel. Erst spärlicher, dann immer heftiger werdender Applaus durchbrach die Stille auf dem Marktplatz. Niemand blieb auf seinem Stuhl sitzen, alle wollten sehen. Die neue Frisur verlieh dem freudlosen Gesicht Glanz und Würde.

Als Gerlind und die Musikerin die Bühne verließen, fanden sie sich sofort von einer Menschentraube umringt.

Unzählige Hände berührten die beiden oder suchten nach einem Weg, sie zu berühren. Mitten hinein in das Scherzen und Lachen und Antworten bahnte sich Gerlinds Großmutter, unterstützt von wenig zimperlichen Seitenhieben mit ihrem Gehstock, einen Weg durch die Menge.

»Du kannst verdammt stolz auf dich sein!«, rief die Großmutter, und die Umstehenden klatschten Beifall.

»Na, wenn die Großmutter das sagt, dann wird es wohl stimmen«, antworteten Gerlind und die Musikerin wie aus einem Mund und lachten. Dies war so ansteckend, dass wenig später alle auf dem Marktplatz Versammelten miteinander gickelten und gackelten oder grunzten und brummten.

Und wenn du einmal in die Stadt kommst und auf dem Marktplatz die Augen schließt, dann hörst du das fröhliche Gelächter vielleicht noch heute.

Katharina Beck

Der Scherer

Immer noch ragt eine kleine Spitze heraus. Erwin Graschinski hat sie entdeckt. Er nimmt die Heckenschere hoch, drückt den Hebel, ein lautes Rattern. Schneidet den Zweig so ab, dass die Hecke eine Gerade bildet. Ein lang gezogener Quader um sein Haus. Erwin Graschinski stellt die Schere aus, geht einen Schritt zurück, betrachtet sein Werk. Jetzt ist keine Spitze mehr da, die sich hervortut. Nur die abgeschnittenen Zweige liegen noch auf der Hecke. Er fegt sie mit der Hand von der Hecke, wie ein Friseur die Haare von einer Schulter streicht. Die Zweige fallen auf die Wiese. Aus dem Schuppen holt er eine Harke, schiebt die Zweige zu einem Haufen zusammen.

Manuela Günther kommt vorbei. Er grüßt sie. Der Mann grüßt immer zuerst. Obwohl er älter ist, nickt er ihr als erster zu, die junge Frau hebt darauf kurz die Hand, geht auf der anderen Straßenseite vorbei. Manuela kennt er schon von klein auf, als sie noch mit ihrem Roller an seiner Hecke vorbeifuhr. Er schaut ihr nach und sieht sie im Konsum am Ende der Straße verschwinden.

Das Dorf, in dem er wohnt, liegt nahe der Grenze. Nur ungefähr neun Kilometer entfernt ist schon Bayern, etwa zwanzig Kilometer weiter westlich fängt Hessen an.

Es passiert nicht oft, aber manchmal geht ein Fremder vorüber. Wie heute. Erwin Graschinski grüßt auch den Fremden, auch zuerst, obwohl es ein Mann ist und dieser jünger als er. Erwin Graschinski ist freundlich. Dann bringt er die Heckenschere und die Harke in den Schuppen und geht ins Haus. Aus einem Schrank holt er einen kleinen Block.

»Donnerstag, 11.6.1987, 11.15 Uhr«, schreibt er. »Ein Mann mittleren Alters. Unbekannt. Allein mit kleinem Handgepäck. Geht in Richtung Kirchgasse.«

Er liest den Eintrag davor, der war vom Wochenende.

»Samstag, 6.6.1987, 17.00 Uhr. Mutter und Tochter Weitner gehen zum Schmidt. Haben Handtaschen dabei. Bleiben länger, habe sie nicht wieder herauskommen sehen. Muss wohl spät geworden sein.«

Die Katze streicht ihm um die Beine. Er geht zu seinem Schreibtisch, nimmt seinen Kalender, ein dünnes Buch in einem braunen Kunstledereinschlag. Er blättert es auf und liest in der Spalte für Freitag, den 12.6.: »14.00 Uhr Ltn. D.« Mit Bleistift, aber ordentlich hat er es eingeschrieben. Das passt. Morgen. Aber er muss ihm jetzt schon mal Bescheid geben.

Das graue Telefon steht im Flur. Erwin Graschinski setzt sich auf den kleinen Hocker daneben. Die getigerte Katze kommt hinterher. Er dreht das Telefon zu sich herum, nimmt den Hörer ab und schiebt den Zeigefinger in das Loch mit der Null. Er kann die Nummer auswendig. Die Wählscheibe hakt. Er knickt die Fingerspitze ein und zieht damit an der Wählscheibe. Nimmt die andere Hand zu Hilfe, versucht, am äußeren Rand zu drehen, mehrmals, hektisch. Es geht nicht. Er schüttelt das Telefon und schlägt darauf ein. Die Wählscheibe lässt sich keinen Millimeter weiterbewegen. Plötzlich fließen die Löcher zu. Erschrocken zieht Erwin Graschinski seine Hände zurück. Die Scheibe beginnt zu wackeln, löst sich und schwebt auf einmal über dem Telefon. Die graue Farbe beginnt, sich von dem Apparat zu lösen. Wie eine Nebelschwade breitet sie sich aus und wabert durch Erwin Graschinskis Flur, bis alles grau ist. Erwin Graschinski kann nichts mehr sehen, versucht zu tasten, aber findet nichts, was er greifen könnte. Er verliert den Halt …

Mit lautem Kreischen springt die Katze auf seinen Bauch.

Erwin Graschinski schreckt hoch. Die Katze steht auf seiner Bettdecke und sieht ihn an. Das Nebelgrau hängt noch in seinem Kopf. Es ist nicht das erste Mal, dass er diesen Traum hatte. Er krault die Katze am Hals, bevor er aufsteht.

Das Wasser zieht sich mit einem Gurgeln in der Kaffeemaschine hoch. Erwin Graschinski schaut durch das Fenster auf seine Hecke. Sie sieht gut aus. Kein Zweig, der sich hervortun und das Gesamtbild zerstören würde. Er geht hinaus. Patrolliert langsam den gesamten Quader ab. Vielleicht ist doch noch irgendwo eine widerspenstige Stelle, die er übersehen hat.

Nora Northmann

Der Kopf des Philosophen

»Da kommt ja der Philosoph!«, lacht jemand. Der Philosoph hat einen neuen Haarschnitt. Kurz, ganz kurz. Jetzt kann jeder sehen, dass sein Haar sich am Hinterkopf ein wenig lichtet. Was für einen Mann seines Alters ja nichts Ungewöhnliches ist. Nur hatte das unter der Pilzkopffrisur niemand bemerkt. Der Philosoph kommt über den Dorfplatz auf die Kneipe zu, in der wir sitzen. Dass wir aus Deutschland sind, hat sich bis zu ihm herumgesprochen. »Heisenberrrrg«, bellt er und »Einstein« und »rrrelativ«. Die Worte sind kaum zu verstehen. Der Philosoph hat zu wenige Zähne und eine zu große Zunge. Als Kind war er der klügste Kopf weit und breit. Bis in die Kreisstadt redete man über ihn, den ewigen Klassenprimus, der, ohne sich anzustrengen, besser war als alle anderen. In Sofia, der Hauptstadt, studierte er. Was, hat hier niemand so richtig verstanden, nur dass er dort Beststudent war, ist überliefert. Der Philosoph steht auf der Straße und betrachtet die aufgestapelten Melonen. Vielleicht zählt er sie auch, man weiß es nicht. Dann schaut er ins Nichts. Und geht weiter, langsam, ganz langsam. Die Arme auf dem Rücken verschränkt und mit eingefallenen Schultern schreitet er den Dorfplatz ab. Sein Rückgrat ist gebogen, jeder seiner Schritte ist schwer und bedächtig und gerade so langsam, dass er nicht allzu sehr schwankt. Einige sagen, der Philosoph habe sich schon immer wie im Zeitlupentempo bewegt.

Er hat unendlich viel Zeit, die ihm nicht mehr gehört. Seine Gedanken sind träge geworden. Nur manchmal überkommen sie ihn noch, flink wie Insekten, zu flink für seinen Kopf. Dann tippen sie ihn an, doch sobald er sie bemerkt und ihrer habhaft werden will, schwirren sie fort, unhaltbar. Zurück bleibt vielleicht die Erinnerung an eine Berührung, eine ganz kleine, die windhauchzarte Ahnung von etwas Gewesenem. Und dann gibt es Tage, an denen eine Idee von innen gegen seine Schädeldecke drückt und nicht aus dem Kopf herausfindet, weil dem Philosophen die Worte abhandengekommen sind. Dann beißt er die Zähne aufeinander, bis sein Kiefer schmerzt, und bekommt den Mund nicht einmal mehr zum Essen auf.

Der Philosoph weiß nicht, was Sorgen sind. Er wohnt bei seiner Mutter im Haus auf der anderen Seite des Dorfplatzes. Die Mutter könnte sich freuen, dass der Sohn wieder da ist. Aber das kann sie nicht und der Sohn ist ihr keine Hilfe. Mal etwas Schweres neben ihr hertragen, das geht gerade. Oder ihr die Wäscheklammern zureichen, wie damals, als er klein war und viel weiter dachte als nur bis zum nächsten Schritt. Immer musste er etwas plappern, was sie nicht verstand. Damals war sie belustigt oder stolz, heute macht ihr das Angst. Nicht einmal zum Schäfer würde ihr Sohn noch taugen. Und Schafe hüten, das kann ja wirklich der Dümmste. Der Hund umkreist die Herde und macht die Arbeit, den Weg zu den heimischen Höfen und Ställen finden die Schafe am Abend allein. Der Schäfer muss nur ein wenig aufpassen, wenn er die Herde über die Straße führt.

Der Philosoph weiß nicht, was eine Straße ist. Er schlurft einfach hin und her, her und hin. Oder er bleibt stehen, einfach so. Das ist gefährlich, gerade auf der Straße, aber man kann sich auch nicht immer Sorgen um ihn machen. Die Autofahrer werden ihn schon rechtzeitig bemerken, hofft die Mutter. Ihr ist nur eine kleine Angst geblieben. Kein Vergleich mit der großen Angst von früher, als ihr Sohn ohne Licht Fahrrad fuhr bis in die Dämmerung hinein. Und später Moped mit seinen Freunden. Da wehten seine Haare im Wind, es waren die längsten im Dorf, aber er war ja auch der Klügste. Da konnte sie ihm doch nicht viel verbieten. Die Mutter weiß nicht, was in der Stadt passiert ist, und der Philosoph erzählt nichts. Eines Nachts hatte sie eine Autotür gehört, sich rasch ein Tuch übergeworfen und die Haustür geöffnet. Wie ein Stein war der Sohn vor ihr in den Flur gestürzt. Betrunken bis in die Haarspitzen. Am nächsten Morgen schaute der Sohn nur noch schwarz ins Nichts, und dabei ist es geblieben.

Hat sich um den Verstand gesoffen, sagen die Leute, er musste ja immer von allem am meisten haben. Konnte ja nie genug bekommen. Sie sagen es sachlich, fast ohne Häme.

Dass ihr Sohn ein Trinker ist, will die Mutter des Philosophen nicht glauben. Sie kennt ja die Säufer im Dorf, die trinken und trinken, bis sie umfallen und an Ort und Stelle einschlafen. Am nächsten Tag stehen sie wieder und machen sich auf sie Suche nach dem nächsten Schnaps. Der Philosoph betrinkt sich nicht, er verträgt nichts. Wenn sie ihm am Abend einen ganz kleinen Rakija einschenkt, schaut er verwunschen mit seinem nachtschwarzen Blick und stürzt diesen einen Schnaps hinunter. Das war's dann aber auch schon.

Vielleicht hat die Mutter ihren Sohn zum Friseur gebracht, damit sie ein wenig mehr von seinem Kopf sehen und verstehen kann. Die Haare hängen ihm nicht mehr vor den Augen, aber er sieht durch die Mutter hindurch. Schreitet den Dorfplatz ab, bleibt vor den Leuten stehen, bellt drei oder vier Worte heraus, die niemand kennt oder versteht. Wer weiß hier auf dem Dorf schon etwas von elektrischen Feldern? Der spinnt, denken die Bauern und reden lieber wieder über ihre eigenen Felder, übers Wetter und darüber, dass alles teurer wird. Der Philosoph kann ihnen nichts erklären. Es dämmert, und der Schäfer kommt mit der Herde vom Berg. Junge Leute fahren ihre Autos spazieren, halten vorm Laden, holen sich Bier und Knabberzeug, fahren weiter, im Sommer ist immer irgendwo eine Party. Sie haben wenig Geld und denken, was sie an Sprit verfahren, müssen sie an Strom einsparen, darum schalten sie ihre Scheinwerfer erst ein, wenn es wirklich dunkel ist. Heute machen sie eine kleine Wettfahrt quer über den Dorfplatz, immer um die große, hohe Laterne herum, der Philosoph steht darunter. Er hat keine Angst. Einer der Fahrer sieht sich zu lange nach den Mädchen um, einer Gruppe zwitschernder, bunter Vögel am Straßenrand. Als er wieder nach vorne sieht, rast der Laternenmast auf ihn zu. Er reißt das Steuer nach links, doch noch im Vorbeifahren stößt er gegen den Mast. Der schwere Glasschirm fällt zu Boden.

Erst kommen die Erschrockenen, dann die Neugierigen. Sie umstehen den Philosophen, der am Boden liegt. Aus dem zerschmetterten Schädel schwimmt sein Wunderhirn auf den Dorfplatz.

Katharina Beck

Stufen

Sarah hatte es nicht vergessen, dass Alex einmal gesagt hatte – als sie allein waren oder in einer großen Runde, sie wusste es nicht mehr – dass er einmal gesagt hatte, dass Ossis und Wessis eigentlich ganz einfach zu erkennen seien. Ossis hätten keine Frisur. Sarah hatte damals gelacht und ihm zugestimmt. Für sie alle, ihren ganzen Freundeskreis, passte das. Sie hatten Haare, die sich genau in dem Zustand befanden, in dem sie aus dem Kopf gewachsen waren. Sie wehten, wenn sie mit den Fahrrädern durch die Stadt fuhren. Sie wurden vom Bergwind zerzaust, wenn sie ihr Echo an die gegenüber liegende Felswand warfen. Wenn sie unterwegs waren und die Autofenster bis ganz nach unten kurbelten.

Vielleicht lag es ja auch nur am Alter und hatte mit Osten und Westen gar nichts zu tun, überlegte sie später. Dass sie jung waren, die Haare einfach wachsen ließen und sie sich gegenseitig schnitten, wenn sie zu lang wurden. Weil es ihnen nichts bedeutete, schick zu sein.

Das änderte sich, als eine Friseurin zum Freundeskreis stieß. Nadine war schick, sexy und cool. Viele ließen sich von ihr die Haare schneiden. Sarah auch. Danach hatte sie Stufen in ihrem Haar. Das sah gut aus, aber auch gewöhnlicher; wie alle, fand Alex. Er mochte Nadine nicht, und seine krausen braunen Haare sträubten sich nach wie vor in alle Richtungen und wippten, wenn er tanzte. Alex trug auch nicht die Klamotten des Modelabels, das ein anderer Freund in dieser Zeit gegründet hatte. Alle im Freundeskreis zogen jetzt schlabberige »Sammowear«-T-Shirts mit witzigen Aufschriften an und weit geschnittene Hosen. Nur Sarah und Alex nicht.

War es in dieser Zeit, als sie ihre Liebesbeziehung begannen? Es fing irgendwann an, dauerte und hörte wieder auf. Sarah wollte Alex als Freund behalten. Sie liebte die langen Gespräche mit ihm, sein Lachen, das oft und laut aus ihm hervorbrach, liebte es auch, mit ihm tanzen zu gehen. Alex reichte es nicht, mit Sarah nur befreundet zu sein. Sie sahen sich immer seltener.

Sarah lernte Alex' Freundin auf einer Party kennen. Tina saß neben Alex auf dem Sofa, inmitten seiner Freunde, und er schien der glücklichste Mensch der Welt zu sein.

Als er Sarah sah, hob er nur kurz die Hand zur Begrüßung. Sie ertappte sich dabei, eifersüchtig zu sein, fand Tina langweilig und unattraktiv. Sie schlenderte ins Nachbarzimmer und noch von dort hörte sie Alex' lautes Lachen.

Bald verließ Sarah die Stadt. Wenn sie zu Besuch kam, registrierte sie, dass sich der Freundeskreis geteilt hatte; erst in Interessengruppen, dann in Paare, dann in Familien.

Alex und Sarah trafen sich Jahre später wieder, als ihre Kinder in dem Alter waren, in dem man schon etwas mit ihnen unternehmen konnte. Wie früher fuhren sie gemeinsam in den Urlaub, mit den Freunden von damals, erweitert um Partner und Nachwuchs. Sechs Familien hatten sich zusammen ein Haus in den Bergen gemietet. Sarah sah zuerst Alex' Töchter auf der Schaukel. Braune Locken, die nach hinten wehten, nach vorn, das Gesicht bedeckten. Sie wusste sofort, dass es seine Mädchen sind, und mochte sie auf Anhieb.

Alex hatte noch immer seine langen Haare, sie aber zu einem festen Zopf gebunden. Sie begrüßten sich mit langer Umarmung. Sarah bemerkte Alex' Deo, es war aufdringlich, roch nach Reinigungsmittel. Er hatte früher nie ein Deo benutzt. Tina begrüßte sie herzlich, und Sarah fand sie später dann doch nett, lustig und hübsch. Die Familien wanderten gemeinsam über Berge und durch Schluchten, gingen einkaufen, kochten und aßen zusammen. An einem Abend setzte sich Alex mit einer Zeitschrift auf den Balkon seines Zimmers, während die anderen Karten spielten. Für Sarah schien das der Moment zu sein, endlich mit ihm allein reden zu können, wieder einmal ein langes Gespräch zu führen wie früher mit Tiefe und Humor. Sie sehnte sich nach seinen klugen Fragen und seiner Art, komplizierte Dinge einfach zu sagen.

Alex, rief sie ihn von ihrem Balkon aus. Er reagierte nicht.

Alex, rief sie lauter.

Hm, brummte er, ohne von seiner Zeitschrift aufzublicken.

Alex, rief sie noch einmal. Er nahm seine Zeitung und ging ins Zimmer. Sie wartete, ob er herauskommen würde. Aber er kam nicht.

Als sie am nächsten Morgen durch ein Tal wanderten, fragte sie ihn, ob er sie nicht rufen gehört habe.

Doch, antwortete er, aber ich wollte endlich mal wieder in Ruhe eine Zeitung lesen.

Sie schwieg. Als berufstätige Mutter verstand sie das. Und verstand es doch nicht. Schwieg. Sah an den Felsen und Nadelbäumen vorbei in den Himmel. Es bewölkte sich. Alex ging nun etwas schneller, schloss zu seinen Töchtern auf und unterhielt sich mit ihnen. Ließ ihr nur den Geruch seines Deos. Sarah sah, dass er seine kleinere Tochter an die Hand nahm, als sie an einer Treppe ankamen. Das Tal verengte sich zu einer steil nach unten abfallenden Schlucht.

Sarah beobachtete den fürsorglichen Vater, seinen strengen Zopf. Sie fragte sich, warum er seine Haare nicht mehr offen trug. Lag es daran, dass er jetzt seriös auftreten musste als Chef einer Marketingabteilung? Oder wollte er verstecken, dass er noch immer »keine Frisur« hatte? Ob Tina seine Haare schnitt? Oder, Alex, hätte sie ihn am liebsten gefragt: Gehst du zum Friseur und sagst: »Keine Frisur bitte!«?

Aber Alex war mit seinen Töchtern weit voraus auf den letzten Stufen, schon fast unten angekommen. Die Treppe war für Touristen gemacht, für Familien mit Kindern. Früher hatte sie das lächerlich gefunden; sich über Berge mithilfe von Treppen zu bewegen. Jetzt war sie dankbar dafür, als sie sah, wie ihr Sohn sich weiter unten am Geländer festhielt. Ihr Mann lief vor ihm, bereit, ihn zu schützen.

Sarah blieb stehen und atmete tief. Sie löste die zwei Spangen und fuhr mit den Fingern durch ihr Haar. Noch immer trug sie den Stufenschnitt, er war zeitlos. Bevor sie den anderen folgte, schüttelte sie den Kopf, ließ ihre Haare um den Kopf fliegen, weil kein Wind da war, der das hätte tun können.

Nora Northmann

Hundertzwanzigtausendmal nichts

Die letzten Tage und Nächte vor der großen Prüfung verbrachte Marie in der Bibliothek. Blass, pickelig und mit Ringen unter den Augen. Es gab kein Wetter mehr. Je näher die Prüfung heranrückte, desto durchsichtiger wurde die Zeit. Die kahle Stelle an ihrer linken Schläfe bemerkte Marie nicht. Der Blick in den Spiegel war eine Kränkung, die sie sich, stressverpickelt wie sie war, nicht mehr antat.

Im Lesesaal hielt sie plötzlich eine Haarsträhne in der Hand, an der sie eben noch gedankenverloren gespielt hatte. Von diesem Tag an fand Marie täglich Haarbüschel auf dem Kopfkissen, sie klebten auch an der Duschwand, blieben in der Bürste stecken. Es war, als stoße ihr Kopf zum Ausgleich für jeden gelernten oder verstandenen Satz Hunderte von Haaren ab. Innerhalb von zwei Wochen verlor Marie sämtliche Haare. Der Schmerz war nicht körperlich, aber unerträglich. Unter der kalkweißen Kopfhaut zeichnete sich die

Schädelform ab. Wie groß so ein Schädel doch war und wie verletzlich die dünne Hautschicht darüber, fast wie zum Platzen gespannt. Marie wagte nicht, die letzten, im Nacken kitzelnden Haare zu berühren. Eines Tages waren auch diese fort, als hätte es sie nie gegeben.

Der Prüfungskommission erklärte sie unaufgefordert mit einem Scherz zum Thema Erkältung, warum sie eine Mütze trage. Sie bestand mit Bravour.

Der Arzt hatte den Wartebereich mit großen Abzügen seiner Urlaubsfotos dekoriert. Marie fand Platz gegenüber einem Löwenbild. Tiere mit den dichten Mähnen in entspannter Warteposition. Träge Blicke. Daneben Sonnenuntergänge wie aus dem Bilderbuch, Jeeps auf Wüstentour und Afrikaner, die ihre Haut mit Tupfen verziert hatten und im Tanz rötlichen Staub aufwirbelten.

Der braun gebrannte Arzt diagnostizierte eine Autoimmunreaktion, Alopecia areata, Kreisrunder Haarausfall. Ein lustiger Name. Der Name eines Spiels, bei dem der Gewinner seine Haare behalten darf.

»Sie hatten also Stress in letzter Zeit.«

War das eine Frage? Ohne aufzusehen, tippte der Arzt etwas in seinen Rechner und begann mit seinen Erklärungen. Stress könne eine Ursache sein, es gebe dafür aber keinen wissenschaftlichen Beleg, fuhr er fort. Vielleicht sei Maries Haarausfall auch etwas Hormonelles. Dagegen sprächen allerdings die ein-wand-frei-en Laborwerte. Dabei betonte der Arzt jede Silbe, als wolle er die Exaktheit der Analysewerte unterstreichen. Am Ende seines Vortrages zerhackte er mit erhobenem Zeigefinger die Luft. Da könne man nichts machen. Nur abwarten. Aber, fügte er hinzu, weil Marie ihn fassungslos anstarrte, es sei auch möglich, dass die Haare eines Tages wieder wüchsen, und zwar ebenso überraschend, wie sie ausgefallen seien. Bei acht von zehn Patienten sei das der Fall. Null Komma drei Millimeter am Tag, einen Zentimeter im Monat, nach einem halben Jahr wären die neuen Haare bereits lang genug für eine schicke (er sagte tatsächlich: schicke!!!) Kurzhaarfrisur. Marie sei schließlich kerngesund, ihr fehle nichts.

Nur etwa hundertzwanzigtausend Haare. Fünf oder sechs Jahre alt wird ein Durchschnittshaar, dann fällt es aus und an derselben Stelle wächst ein neues. Normalerweise.

»Vielleicht waren meine Haare zufällig alle gleichzeitig im Ausfallalter?«, hatte Marie den Arzt noch im Gehen gefragt. Der hatte seinen Lockenkopf geschüttelt.

Die Mütze tief in die Stirn gezogen, nahm Marie den kürzesten Weg zur S-Bahn. Er führte über ein Feld. Auch die Wolken hatten es eilig. Der Wind pfiff durch die zahllosen

Löcher der gehäkelten Mütze, und die Februarkälte krallte sich in alles, dessen sie irgend habhaft werden konnte. Spärliche Schneereste zeichneten Ackerfurchen nach. Das Feld sah ungesund aus. Kaum Schneefall in diesem Winter, dachte sie. Viel Haarausfall.

Goldrute säumte den Weg, die abgeknickten Stängel bildeten ein wirres Gitter. Harm-los-harm-los-harm-los, wiederholten Maries Schritte im Takt. Der nächtliche Frost würde ihre Spuren im Matsch erstarren lassen. Wie kann es harmlos sein, wenn man mit Mitte zwanzig kahlköpfig ist? Durchgefroren kam sie auf dem Bahnhof an. Nur acht Minuten noch, versprach der Fahrplan, sie glaubte ihm nicht. Auf der Werbetafel eines Reiseanbieters schmeichelte ein Bikinimädchen und wickelte sich lasziv in ihr langes Haar.

Der Zug kam pünktlich und war gut geheizt. Unter der Mütze begann es zu jucken. Marie fühlte den Schweiß auf ihrem Kopf und fürchtete, er werde ihr übers Gesicht laufen. Um sich abzulenken, schaute sie aus dem Fenster, registrierte Winterbiotope unter Brückenpfeilern und im Niemandsland zwischen stillgelegten Gleisen. Ein Mann führte seine Hunde spazieren. Monochrom zog die Stadtlandschaft an den Scheiben vorbei. Monochrom auch die Schweigegesichter der Mitfahrenden. Ein riesiges Baumarktschild wies den Weg in ein Heimwerkerparadies. Als Kind hatte Marie

Heilwerker gesagt. Weil ihr Vater alles heil machen konnte. Heile, heile Segen, drei Tage Regen, drei Tage Schnee, es tut nicht mehr weh.

Der Frühling wurde ihr schwer. Kunsthaarperücken fand sie unerträglich. Echthaarperücken waren unerschwinglich und auch unerträglich. Marie konnte sich nicht vorstellen, eine Perücke zu tragen, die aus abgeschnittenen Zöpfen geknüpft war, aus schwarzen, abgeschnittenen Zöpfen. Hindufrauen opfern als Symbol eines Neuanfangs vor der Hochzeit ihre Haare. Die Mönche in den Tempeln verdienen gut mit diesen Opfergaben. Marie fürchtete, mit derart spirituell belasteten Haaren das Ende ihres Haarwuchses auf ewig zu besiegeln. Sie begann, bunte Seidentücher zu tragen, verschlungene Kunstwerke, in die sie mehr Zeit investierte, als sie es je für ihre Haare getan hatte. Die Psychologin lobte Maries Kreationen, so wie sie fast jede Initiative ihrer Patienten lobte. Auf der Straße sah man Marie hinterher. Neugierige Blicke versuchten, ihr unter das Tuch zu kriechen. Marie hüllte sich in Stolz, um ihre Angst zu verbergen, dass man sie als Kahlkopf identifiziert. Davon erzählte sie der Psychologin nichts.

Solange Marie denken konnte, hatte ihre Mutter immer ein und denselben kastanienbraunen Pagenschnitt getragen. Kein graues Haar gestattete sie sich, nicht einmal jetzt, mit Ende sechzig. Grau ist eine Verräterfarbe, davon war die Mutter felsenfest überzeugt. Kurz vor ihrem vierzehntäglichen Friseurtermin verfiel sie dann auch regelmäßig in Panik: »Mein Gott, die Ansätze! Sieht man sie etwa schon?«

Frisch geschnitten und getönt strich sie über Maries betuchten Kopf. »Ach, mein Liebling! Wie sehr wünsche ich dir, dass du wieder Haare bekommst! Sie waren doch das Schönste an dir!«

»Na ja, eine Glatze ist immer noch besser als gar keine Haare«, witzelte der Vater.

Da löste Marie ihr Tuch und freute sich am Schrecken ihrer Eltern.

Glatze. Marie hatte sich und aller Welt dieses Wort verboten. Sie war kahlköpfig. Das klang verletzlicher, zarter, vielleicht sogar ein wenig weiblich, und es hielt die Option des Vorübergehenden offen. Bäume waren nur im Winter kahl. Verlauste Kinder wurden früher kahl geschoren, was man ihnen nach kurzer Zeit nicht mehr ansah. Aber Glatze! Das Wort strotzte geradezu vor stiernackiger Selbstgerechtigkeit. Obwohl sie wusste, der Vater wollte sie auf seine hilflos-plumpe Weise aufheitern, hatte der uralte Witz sie tiefer verletzt als die merkwürdige Anteilnahme der Mutter.

Zu Hause zog sie als Erstes die Vorhänge zu. Das tat sie immer beim Betreten ihrer Wohnung, unabhängig von der Tageszeit. Nackt stellte sie sich vor den Spiegel. Eine Schönheit war sie auch mit Haaren nicht gewesen, eher so eine unauffällig Hübsche. Über den Verlust der Wimpern war sie leicht hinweggekommen. Weil sie ihre Augen immer schon geschminkt hatte, bereitete ihr das Ankleben der künstlichen Wimpern keine Schwierigkeiten. Die fehlenden Augenbrauen ließen sich nachmalen, jeden Tag mit einem etwas anderen Schwung, je nach Stimmung. Alles an Marie war harmonisch und ebenmäßig, nur die rechte Brust schien etwas größer zu sein als die linke. Sie ließ ihren Blick an sich hinabwandern. Was andere alles anstellten, um Körperbehaarung loszuwerden! Sie lachte böse. Dieses Problem hatte sie nicht mehr. Sorgfältig band Marie das Tuch wieder um.

In ihrem Kopf steckten noch immer nadelspitz die Worte der Mutter: »Die werden schon wieder wachsen. Ganz bestimmt. Ich weiß es!«

Und wenn nicht?, fragte sich Marie. Was werdet ihr sagen, wenn ich eine kahle Zumutung bleibe und mit den Jahren einsam werde und verbittert? Wer will schon so eine wie mich?

Dann kam der Sommer, und Marie beschloss, alleine zu verreisen. Sie wollte sich auf niemanden einstellen, sondern in der Fremde sein und terminlos durch die Zeit treiben. Südliche Länder kamen nicht infrage, weil Marie ihre Tücher nicht durch Badekappen ersetzen wollte. Der Gedanke, Kunststoff direkt auf der Kopfhaut zu spüren, war beklemmend. Also Skandinavien, eine Unterkunft am See, einsam, aber nicht zu einsam. In der Nähe ihres Bungalows hatte sich eine Gruppe Schweden eingemietet. Morgens winkte man sich zu und ging seiner Wege. Einmal brachte ihr jemand Fisch, ausgenommen und pfannenfertig. Marie revanchierte sich mit einer Flasche Wein. Die langen Wanderungen um den See taten ihr gut. Wenn sie sich ganz sicher fühlte, nahm sie ihr Tuch ab. Ein Lüftchen streichelte ihren Kopf. Wie hatte es sich angefühlt, wenn der Wind durchs Haar geweht war? Sie konnte sich nicht erinnern.

Am Abend kam einer der Schweden zu ihrem Bungalow herüber. Ob sie nicht Lust habe, ans Lagerfeuer zu kommen, es sei doch Mittsommer, es gebe frischen Fisch und Bier.

Am gegenüberliegenden Ufer entflammte die Sonne den Horizont. Ohne dass es merklich dunkler wurde, verlor der Abend sich in der Nacht, und auch Marie verlor sich ein wenig. Alle saßen ums Feuer und sangen, waren mehr oder weniger betrunken. Einer der Männer legte seinen Arm um Maries Schultern. Sie wehrte ihn ab. Ihr war übel. Rasch stand sie auf, verabschiedete sich und lief fort. Die Silhouetten zerzauster Kiefern säumten das Ufer. Ein flüchtiges Rascheln begleitete Marie auf ihrem Weg, als hüpfe ein Troll neben ihr her. Wie das Auge eines Zyklopen lugte die nicht untergehende Sonne über den See. Das Rascheln wurde gewichtig und bedrohlich. Vor Marie baute sich der Mann auf, der neben ihr am Feuer gesessen hatte.

Um Hilfe rufen! Fortlaufen! Wo waren die anderen? Der See schwankte, auch der Umarmer musste sich an einem Baum festhalten. Marie schloss die Augen wie ein Kind, das sich unsichtbar machen will. Der Schrei blieb ihr im Hals stecken. Sie riss sich das Tuch vom Kopf.

Stille.

Waldesruh.

Unheilvolle Ewigkeiten.

Marie öffnete die Augen erst, als sie jegliches Zeitgefühl verloren hatte. Der Mann war verschwunden. Kalt und weiß stand der Vollmond am Himmel. Noch immer hielt sie das Tuch in der verkrampften Hand. Sie ließ es ins Moos fallen und flüsterte: »Danke, liebe Glatze.«

Juliane Markov

Der alte Zopf

Für meine Mutter

Die junge Frau drückt mir ein Hochglanzheft in die Hand. »Eine halbe Stunde etwa«, sagt sie mit bedauernder Miene. Ich solle mich inspirieren lassen. Sie bietet mir einen Kaffee an. Oder ob ich vielleicht ein Gläschen Sekt wolle? Ich verneine und entlaste ihr schlechtes Gewissen, indem ich ihr versichere, dass es nicht so schlimm sei zu warten. Ich blättere das Heft durch und entdecke Köpfe mit Gesichtern, die so jung sind, dass mir in den Sinn kommt zu fragen, ob ich zur Frisur auch ein solches Gesicht bekommen könne. Die Haarschnitte gefallen mir, benötigen aber einen regelmäßigen Friseurbesuch alle sechs Wochen. Mindestens! Ich schaue in den Spiegel. Ich bin 62 Jahre alt und keine der abgebildeten Frisuren passt zu mir, ohne dass man denken könnte: »Wie gewollt und nicht gekonnt.«

Ich würde nicht hier sitzen, wenn mein Mann mich nicht hartnäckig wieder und wieder gedrängt hätte. Mein Blick wandert zu meinem Spiegelbild. Mein Zopf liegt auf der

Brust. Ursprünglich war er schwarz. Später musste ich ihn färben. Aber das habe ich vor einigen Jahren aufgegeben. Mit einer Kurzhaarfrisur würde ich mindestens zehn Jahre jünger aussehen, meint mein Mann. Einen Igelschnitt, einen Rupatz, so nannte man das in der Zeit, als wir noch vier Kinder zu Hause waren, die eine Mark für den Kinderfriseur gespart wurde und der Vater unsere Haare selber schnitt. Den sogenannten Topfschnitt: Es wurde einem ein Kochtopf auf den Kopf gesetzt und die unter dem Rand hervorschauenden Haare abgeschnitten. In feineren Kreisen erhielten die Kinder einen Pagenschnitt. Das sah ähnlich aus, nur dass es professionell gemacht wurde. Weil es den Eltern zu viel Mühe machte, durften wir Mädchen uns die Haare nicht lang wachsen lassen.

Es gab so manches, das man nur bei den Großeltern durfte.

Die Anrede Großvater und Großmutter lasen wir in Büchern. Wir sagten einfach Oma und Opa. Meine Oma war klein. Wir konnten uns an sie anschmiegen und uns mit dem Kopf an ihren Busen kuscheln. Wenn wir die Steintreppen hinab durch ihre Wohnungstür stürmten, die gleichzeitig der Eingang in die Küche war, begrüßte sie uns stets mit »Ach herrje, wer kommt denn da!« In unseren Ohren klang das wie die Freude über etwas Unerwartetes, aber immer Willkommenes. Sie sah aus wie eine Oma, vom ersten Moment an, als wir sie bewusst erlebten, bis zu dem Zeitpunkt, als sie starb.

Nach dem Krieg, als wir in diese großelterliche Idylle geboren wurden, bekam Opa offene Beine. Ein Mitbringsel, wie Oma immer sagte. Ich verstand nicht, wie durch einen Winter in Russland ein Bein aufgehen konnte. Ich wusste nicht einmal, was ein offenes Bein war. Es klang wie ein Geschenk, das ihm mitgegeben worden war; eine seltsame Gabe, wegen der er manchmal humpelte und wir nicht in die Waschküche durften, während er dort auf einem Schemel saß und seine offenen Beine verband. Überhaupt hätten wir sonst etwas dafür gegeben, diesen übergroßen Mann einmal beim Baden zu beobachten, wenn er mitten im wasserdampfgeschwängerten Raum in einer Zinkwanne saß, in der sonst zwei von uns reichlich Platz hatten. Wir zogen uns mit den Händen, so schnell es ging, durch das Badewasser am Wannenrand entlang. Dabei klatschte das Wasser auf den Fußboden, schäumte und spritzte uns in die Gesichter. Unser Geschrei hallte in den Kellergang hinein und auf den Hof bis in die Kirschbäume von Nachbars Garten, aus denen die Spatzen erschrocken aufflatterten.

Wir glaubten, Opa sei durch die Geschehnisse des Krieges, von denen er bis zu seinem Tod nie erzählte, so sanft und weich geworden, wie es kein größerer Kontrast hätte sein können zu seinem riesigen, massigen Körper. Bei jeder Gelegenheit begann er vor Rührung, Wut oder Trauer zu weinen. Später erzählte mir meine Mutter, er habe einmal zu meiner Oma gesagt: »Sie wollten uns hart machen, aber wir sind weich geworden.«

Mein Opa konnte es nicht ertragen, wenn einem seiner Enkel ein Unrecht angetan worden war. Deshalb mussten wir aufpassen, wenn wir erzählten, dass unsere Lehrer uns ohne Grund bestraft hätten. Es war damit zu rechnen, dass er so, wie er war – in seiner blauen Arbeitshose, dem karierten Hemd und seiner passenden blauen Baumwolljacke - seine Thälmannmütze schnappte, sie mit einer Hand am Schirm auf den Kopf zog, ohne in den Spiegel zu schauen, und in seinen Holzpantinen entschlossen in Richtung Schule marschierte, um den Lehrern die Meinung zu sagen. Die Bestrafung der Lehrer traf uns jedoch oft genug nicht schuldlos. Opa aber war nicht mehr zu stoppen. Mit unseren kurzen Beinen eilten wir neben ihm her, tänzelten vor ihm herum und versuchten ihm eine Teilschuld, in die wir natürlich aus Versehen geraten seien, einzugestehen. Einerseits mussten wir ihn von seinem Vorhaben abbringen, andererseits durfte sein Ärger nicht in unsere Richtung umschlagen. Trotz seines sanften Gemütes gab es eine Höllenstrafe, die darin bestand, ein paar Minuten in den ehemaligen Luftschutzkeller gesperrt zu werden, Minuten, die uns in der Dunkelheit wie Stunden vorkamen und in denen wir hunderte schreckliche Tode starben.

Meine Großeltern wohnten am Stadtrand in derselben Straße wie wir. Ein langer Weg entlang eines Parks, zehn Minuten brauchten wir mit dem Fahrrad, eine halbe Stunde zu Fuß. Sie wohnten in einer mehrstöckigen Villa, einem herrschaftlichen Haus. Im Erdgeschoss und in der ersten Etage gab es je einen Wintergarten und einen Balkon, jeweils so groß wie unser Wohnzimmer. Die Wohnungen hatten geräumige Zimmer. Auf jeder Etage wohnte ein Arztehepaar mit zwei Kindern. In einem abgetrennten Bereich mit separatem Eingang befanden sich die Behandlungs- und Warteräume. Das Haus wurde von Opa instand gehalten und beheizt. Oma putzte die Arztpraxen. Deren Besitzer wurden von meinen Großeltern mit höchstem Respekt in demütiger Ehrfurcht behandelt. Über ihre Unterwürfigkeit ließ mein Stolz mich heimlich wüten. Oma und Opa lebten in der Kellerwohnung. Diese Wohnräume lagen noch tiefer als die Waschküche, der Vorratskeller und der Werkzeugraum. Nur um in den Luftschutzkeller und in den Heizungsraum zu gelangen, musste man, wie in die Wohnung, noch ein paar Steinstufen hinunter nehmen. In den Heizungskeller gingen wir nicht gern. Dort standen zwei wuchtige Heizkessel mit runden oder länglichen Thermometern und Druckanzeigen. Wir fühlten uns wie in einem Labor. Es machte uns Angst, wenn es dampfte und qualmte, bedrohlich pfiff und puffte. Wenn Opa geschickt die Heizungsklappe öffnete, konnten uns aus dem riesigen Eisenmaul Flammen entgegenschlagen. Manchmal sprühten sogar Funken durch die Luft. Dort zu spielen, war uns strengstens untersagt; ein Verbot, das wir freiwillig einhielten. Am verlockendsten war der Vorratskeller. Dort wurden in einem Wandregal die leckersten Äpfel aus Omas Garten in Stiegen gelagert, Früchte, wie ich sie in meinem Leben nie wieder gegessen habe; groß, fest, saftig und von angenehmer Säure. So ein duftender Apfel, von Oma aufgeschnitten, dazu Brot mit von ihr ausgelassenem Fett – da wanderte schnell ein halber Laib in unsere vier Kinderbäuche. Eierpaletten standen übereinander gestapelt mit je 25 Eiern auf jeder Ebene. Die Leute des Viertels kamen und kauften. Sie fühlten sich mitten in der Stadt plötzlich wie auf dem Lande. Auch Bohnen, Mohrrüben, Erdbeeren wurden an sie verkauft. Von der Decke hingen an Haken Schinken, Salami, Leber- und Cervelatwürste. Gläser mit eingekochten Birnen, Beeren, Bohnen, Apfelmus, Marmelade und Fruchtgelee reihten sich fein beschriftet auf den Regalen. Volle Mostflaschen der köstlichen Apfel-, Birnen, und Johannisbeerenfrüchte standen in Holzkästen neben drei riesigen Weinballons, die vor sich hin blubberten und aus denen Luftblasen aufstiegen. Auch Weinbrände und Eierlikör wurden selbst hergestellt. Unter den Regalen befanden sich Kartoffelstiegen. Getreide, das Futter für die Hühner, wurde in Holzfässern und Säcken auf dem Boden gelagert. Es war angenehm, mit den Händen im Getreide herumzuwühlen. Einmal hatte ich meine Arme bis zu den Ellenbogen vergraben. Ich beförderte aus untersten Schichten Getreidekörner nach oben und ließ sie durch die Finger rieseln. Ein wohliges Gefühl, so dass ich erneut tief hineingriff. Da hatte ich plötzlich etwas Längliches, Festes in der Hand. Vielleicht einen Stock oder einen hölzernen Werkzeuggriff oder gar ein Schatz? Ich zog es nach oben. Es war grau und sah tatsächlich wie ein Stock aus. Ich war enttäuscht. Dann sah ich, dass der Stock kleine Beine und Pfötchen mit länglichen Krallen hatte. Ich hielt eine tote Maus in den Händen. Im hohen Bogen schleuderte ich sie weg und konnte mir das bis dahin wohlige Gefühl bei diesem Tun nie wieder gönnen, ohne an das tote Tier zu denken. Dennoch, der Vorratskeller war ein Paradies, in dem wir uns nach Herzenslust bedienen konnten.

Die Kellerwohnung bestand aus einer Küche, einer Vorratskammer, einem Wohn- und einem Schlafzimmer sowie einem Kämmerchen, in dem noch immer das ehemalige Bett meiner Mutter und ein Kleiderschrank standen. Die untere Kante der Fenster schloss mit dem Fußweg zur Straße hin oder dem vor dem Haus befindlichen Rasen ab, so dass man von draußen nach unten in die Wohnung hineinschauen konnte, und von drinnen sahen wir, wenn jemand vor dem Fenster stand, lediglich seine Beine bis zur Hüfte.

Im Schlafzimmer standen das massive Ehebett aus dunkelbraunem Holz, ein dreitüriger Kleiderschrank und Nachttische. Ich schlief auf der Besucherritze. Da sich die Toilette außerhalb der Wohnung befand, stand unter den Bettseiten das Nachtgeschirr der beiden. Mein Opa trug ein weißes Leinennachthemd. Manchmal sah ich im Halbdunkel der Nacht vom Bett aus seinen Oberkörper und seinen Hinterkopf, wenn er auf dem Topf saß. Den unteren Teil konnte ich nicht sehen, und es war mir ein Rätsel, wie er mit seinem riesigen Hinterteil auf dem Topf Platz haben konnte. Ich hörte das erstaunlich lang anhaltende Plätschern.

Am frühen Nachmittag wurde im Hühnerstall nach Eiern geschaut. Die Hühner gackerten und scharrten auf dem Boden herum. Zuweilen waltete ein braunbunter Hahn seines männlichen Amtes. Am Eingang des Schuppens schlüpften zwei von uns in die Holzpantinen unserer Großeltern, mit denen wir in die weiche, mit Hühnerdreck bedeckte Erde sanken. Höher gelegen befanden sich Holzbalken, auf denen die müden Tiere am Abend aufgereiht saßen. Dabei hielten sie die Augen geschlossen, konnten aber, wenn sie sich bedroht fühlten, ein Auge zudrücken und uns mit dem anderen beobachten. Wir waren überzeugt, dass sie niemals wirklich schliefen, stets auf der Hut waren oder auf der Lauer lagen, uns aus dem Hinterhalt im geeigneten Moment anspringen, mit ihren krummen Schnäbeln auf uns einhacken und uns das Gesicht zerkratzen könnten.

Durch eine kleine Holzklappe krochen sie nach Herzenslust in den Außenbereich hinaus und zurück. Draußen durchstreiften sie ein großes Areal, das mit einem drei Meter hohen Drahtzaun begrenzt war. Dennoch kam es vor, dass eines der Hühner hochflog und sich über die Abgrenzung schwang. Alle verfügbaren Familienmitglieder und Nachbarn wurden zum Einfangen herbeigeholt. Für uns Kinder war dies ein Riesenspaß. Noch heute klingt mir das lockende »Putt, putt, putt« meiner Oma im Ohr. Wir umzingelten das Huhn und verengten den Kreis. Natürlich flog das Huhn über unsere Kinderarme. Es war ein lustiges Spiel, verbunden mit der Angst, das Huhn könne uns zu nahe kommen und wir müssten das lebende, sich windende, pulsierende Etwas mit bloßen Händen festhalten. Zum Glück waren es immer meine Großeltern, die beherzt zugriffen und das

Huhn an sich gepresst zu seinen Artgenossen zurücktrugen, die sehr wohl spürten, dass da etwas im Gange war und sich an ähnliche Aufregung erinnerten, wenn eines von ihnen zum Schlachten ausgewählt und gefangen wurde.

Die Hühner legten ihre Eier in eine von zwei Kisten, die geschützt in einer Ecke des Stalls standen und deren Böden weich mit Stroh bedeckt waren. Als ich einmal nach der Ausbeute des Tages schauen sollte, trat ich mit gemischten Gefühlen in den Stall. Durch die Abenddämmerung war es dort noch dunkler als sonst. Von den Decken und Holzbohlen hingen Spinnweben in Fäden herab, konnten über das Gesicht oder die nackten Arme streifen. Ich fürchtete mich auch vor den Hühnern, die sich auf dem Balken zur Ruhe niedergelassen hatten und wild aufflattern konnten, wenn ich ihnen näher kam. Mäuse konnten sich in den Ecken im Stroh verkrochen haben, um vom Rest des Futters zu naschen. Doch das Schlimmste war, wenn ab und zu eine Ratte auftauchte, die sich in ihrem Hunger nicht scheute, eines der Hühner anzugreifen.

Am liebsten sah ich mir alte Familienfotos an, die meine Oma in einer Blechdose aufbewahrte. Vor allem die, auf denen meine Mutter zu sehen war. Sie hatte das schönste Gesicht, das ich mir vorstellen konnte. Obwohl alle Fotos schwarz-weiß waren, meinte ich, die tiefgrüne Farbe ihrer

Augen erkennen zu können, die klar waren wie ein Berg-see. Ihre Nase war zart und gerade, ihre hohen Wangenknochen, ihre reine, dunkle Haut und ihre breite Stirn gaben ihr eine fremde, faszinierende Ausstrahlung. Die von meiner Großmutter geschneiderten, auf Taille sitzenden Kleider betonten ihre wunderbar schlanke Figur. Ich war dreizehn und meinte, ich würde nie so aussehen, fühlte mich plump und ungelenk. Ich litt unter den ständigen Ermahnungen, gerade zu gehen. Ich hatte eine Himmelfahrtsnase wie eine Skisprungschanze.

Am meisten beneidete ich meine Mutter um ihr langes Haar. Ein dicker, fest geflochtener Zopf lag auf ihrer Brust. Als Kind kannte ich meine Mutter nur noch mit kurzen Haaren. Meine Großmutter erzählte mir von dem Schock, den sie erlitten hatte, als meine Mutter, gerade volljährig geworden, mit kurzgeschnittenem Haar nach Hause kam.

»Jesses Maria«, hatte Oma ausgerufen, während sie die Hände zusammenschlug. »Ein Bubikopf«. Sie war außer sich gewesen und hatte ein paar Tage nicht mit meiner Mutter gesprochen.

Als wir einmal die Bilder eine Weile bewundert hatten, sprang meine Oma plötzlich auf.

»Komm mal mit!«, rief sie und lief in die Kammer. Sie öffnete den Kleiderschrank und begann in den wohlgeordneten Fächern zu suchen. Schließlich fand sie eine Schachtel. Darin befand sich zusammengerollt der Haarzopf meiner Mutter, den sie sich damals beim Friseur hatte geben lassen. Meine Oma hatte ihn zur Erinnerung aufbewahrt. Ich nahm ihn vorsichtig heraus. An beiden Enden war er mit einem Gummi zusammengehalten. Mit dem Zeigefinger fuhr ich langsam über das geflochtene Haar, das viel weicher war, als ich gedacht hatte, und das Verblüffendste war, es passte genau zur Farbe meines eigenen. Schließlich nahm meine Großmutter ihn mir wieder aus der Hand und legte ihn vorsichtig in die Schachtel zurück.

Ab da nutzte ich jeden unbeobachteten Moment, mir die Schachtel aus dem Schrank zu holen und den Zopf anzuschauen. Eines Tages im Sommer kam ich auf eine Idee. Ich kaufte mir in der Drogerie eine Packung Haarklemmen und steckte mir heimlich den Zopf an mein eigenes kurzes Haar. Das war nicht so einfach, denn ich musste am oberen Ende den Gummi vom Zopf lösen. Nach mehreren Versuchen klappte es: Ich hatte lange Haare! Ein völlig verändertes Gesicht sah mich aus dem Spiegel an. Ungesehen lief ich in den weitläufigen Gemüsegarten meiner Großeltern. Ein unglaubliches Gefühl durchzog meinen Körper. Ich spürte den Zopf auf meiner Schulter und ich fühlte mich so schön, wie ich meine Mutter auf den Bildern immer empfunden hatte.

Ich schritt durch die Gemüsebeete, die mir wie kleine Felder vorkamen. Buschbohnen, Erbsen und Zwiebeln. Ich zeigte mich den Möhren und den Kohlrabis, den Stachelbeeren und dem Sauerkirschbäumchen, den Johannisbeeren und dem großen Wallnussbaum. Dort stand ich, eine andere, eine Prinzessin, eine Filmschauspielerin, eine Goldmarie, wegen ihrer Güte und Schönheit geliebt und verehrt. Ich glaubte, mit diesem Zopf, hätte ich ihn wirklich, wäre ich eine andere, eine bessere, eine, die geliebt wird. Ich dachte auch an den Jungen aus der achten Klasse, der mich nicht mehr übersehen würde, der Hand in Hand mit mir durch den Wald spazieren und von dem ich endlich meinen ersten Kuss bekommen würde.

Bald riss mich die Wirklichkeit aus meinen Träumen. Die Haarklemmen hatten sich fast gelöst, und an jeder, die ich entfernte, hingen ein paar lange Haare, die ich nicht wieder in den Zopf einzuflechten vermochte. Aber es waren ja genug da. So wiederholte ich viele Male diese wunderbare Verzauberung bis in den Herbst hinein. Der Zopf war beängstigend dünn geworden. Ich vergrub die Schachtel weit hinter den Handtüchern im Schrankfach. Mein schlechtes Gewissen plagte mich. In der ersten Zeit musste ich täglich daran denken, was passieren würde, wenn meine Oma es entdeckte. Bei all ihrer Güte musste ich damit rechnen, dass sie es meiner Mutter erzählen würde. Meine Mutter konnte sehr streng sein. Das Schlimmste wäre gewesen, wenn sie mehrere Stunden nicht mit mir gesprochen hätte. Aber meine Oma merkte nichts. Ich dachte immer seltener daran, irgendwann überhaupt nicht mehr.

Ein Vierteljahr später feierten wir Weihnachten bei meinen Großeltern. Eine riesige Festtagsgesellschaft hatte sich eingefunden, alle Großtanten und Großonkel waren gekommen. Nach dem Essen wurde das Geschirr in Zinkwannen abgewaschen. Vier Frauen trockneten Teller, Tassen und Besteck ab. Ständig mussten neue trockene Handtücher aus dem Schrank geholt werden. Das hatte ich übernommen. Ich konnte die Schachtel hinter dem geschrumpften Stapel der Geschirrtücher sehen. Ich nahm sie hervor, um sie in einem anderen Fach zu verstecken. Lange hatte ich mir den Zopf nicht mehr angesehen. Ich öffnete die Schachtel, um einen Blick darauf zu werfen. Plötzlich stand meine Mutter hinter mir.

»Was hast du denn da?«, fragte sie.

Ehe ich mich versah, hatte sie in die Schachtel gegriffen, war die drei Schritte von der Kammer in die Küche zum Herd gelaufen und hatte den Zopf ins Feuer geworfen, das mein Opa gerade schürte. Es zischte, Funken flogen hoch in die Luft. Ich sprang hinzu, aber die Haare waren schon zusammengesurrt. Was übrig war, zerfiel augenblicklich.

»Dieses alte Ding, ich wusste gar nicht, das es noch da ist!«, hörte ich Mutter sagen. Sie hatte zuvor meine Angst vor Entdeckung nicht gesehen und sah auch meine Bestürzung nicht. Ich war zwar der vermeintlichen Bestrafung entgangen, aber der Traum vom anderen Leben, den ich ab und zu für ein paar Stunden geträumt hatte, war vorbei.

Ich schaue wieder in den Frisierspiegel. Mit einer Hand fahre ich Knoten für Knoten meinen geflochtenen Zopf entlang, bis er sich verjüngt, wo er mit dem Haargummi zusammengehalten wird.

Ja, mein Zopf ist ebenfalls dünn geworden und hängt kraftlos von meinem Kopf herunter. Ich lege das Heft zur Seite, das inzwischen aufgeschlagen auf meinem Schoß gelegen hatte, und stehe auf.

»Tut mir leid, aber ich hab es mir anders überlegt«, sage ich, während ich an der jungen Frau vorbei zur Tür gehe. »Ihnen ein schönes Wochenende.«

Erstaunt sieht sie mich an, aber ich lasse ihr keine Zeit für eine Erwiderung.

Sylvia Tornau

Mein Ich ist mehr als mein Haar

Ich definiere mich nicht über mein Haar, wage aber zu behaupten, dass mein Haar zeigt, wer ich bin. Dass das Haupthaar als Wärmeregulator dem Schutz des Gehirns dient und die Kopfhaut vor UV-Strahlen abschirmt, spielt für uns Menschen des 21. Jahrhunderts kaum noch eine Rolle. Vor den schädlichen Strahlen schützen wir uns mit Dächern, Sonnenschirmen, Hüten und Tüchern. Im Lauf der Jahrhunderte wuchs die Bedeutung der Haare als Mittel zur menschlichen Selbstdarstellung. Je nach Individualität demonstrieren wir darüber Zugehörigkeit oder Abgrenzung. So gilt in unserem westlichen Kulturkreis die Freiheit, dass jeder trägt, was er mag, was ihr steht. Allerdings gilt auch hier in weiten Teilen noch immer langes Haar als Ausdruck von Weiblichkeit und damit als Ausdruck sexueller Potenz. Vor allem bei jungen Frauen ist der Wild-Wet-Look wieder im Kommen, und in Bezug auf Frauenhaar gilt die Regel: Je älter die Frau, desto gebändigter und vielleicht auch kürzer ist das Haar. Bei Männern hingegen gilt das kurze, gepflegte Haar als Statussymbol, ist Ausdruck von sozialem Rang und materiellem Vermögen. Männer mit kahlgeschorenem Kopf gelten in der Regel entweder als äußerst gewaltbereit, z. B. Hooligans, oder als von einer verzweifelten Sehnsucht nach Männlichkeit getrieben. Verallgemeinern lässt sich aber bis heute, dass Männern mit langen und Frauen mit sehr kurzen Haaren auch in unserer modernen Gesellschaft eine Sonder-, eine Außenseiterrolle zugeschrieben wird. Sie gehören in der Regel zu Subkulturen und demonstrieren diese Zugehörigkeit u. a. über die Frisur. Egal, ob Punk oder Künstlerin, ausgefallene Frisuren machen andere auf den Träger aufmerksam. Obwohl Haare Teil unseres Körpers sind, üben sie inzwischen eine ähnliche Funktion aus wie Kleidung oder Schmuck, und dabei gilt die Haarfreiheit von Brust und Rücken, von Beinen und Achseln sowie eine gestutzte Schambehaarung als schön. Die individuelle Selbstdarstellung kennt in der Gestaltung des Kopfhaares hingegen keine Grenzen. Egal, ob damit Ablehnung oder Akzeptanz gesellschaftlicher Normen signalisiert wird, anhand der Haare, der Frisur, für die wir uns entscheiden, werden wir beurteilt und beurteilen wir andere.

Mitte der 90er Jahre – damals trug ich einen harten Kurzhaarschnitt, also den Nacken und mindestens zwei

Zentimeter über den Ohren ausrasiert – fragte mich meine Tochter: »Mama, kannst du nicht einmal aussehen wie eine richtige Mama?« Auf meine Frage, wie denn eine richtige Mama aussehe, antwortete sie: »Na, so mit langen Haaren, wie eine Frau eben.«

Ich war entsetzt, dass meine Tochter mich nicht für eine richtige Frau hielt. Das hatte ich ihr nicht beigebracht. Für mich waren die kurzen Haare Ausdruck von Freiheit, übrigens auch der Freiheit von Zuschreibungen. Sollte doch jede so herumlaufen, wie sie sich wohlfühlte. Ich wollte mich dem von mir wahrgenommenen Weiblichkeitsdiktat nicht unterwerfen, welches für mich nicht zuletzt bei den Haaren begann. Ich wollte den Kopf nicht lieblich neigen, das Haar dezent zur Seite schieben, damit mein Hals als Verlockung sichtbar werde. Ich wollte, dass man mich sah, mir in die Augen sah. Wollte mich nicht hinter einer Unmenge Haar tarnen und verstecken. Dass mein feines Haar sich von Natur aus nicht für eine wilde Lockenmähne eignet, sei an dieser Stelle nicht verschwiegen.

Die Frage meiner Tochter verstörte mich. Ich verteidigte mich gegenüber einer Siebenjährigen, dass ich schließlich eine lebendige Mutter sei und nicht eine ihrer Barbiepuppen, ausschließlich zu einem Zweck erschaffen: zu gefallen. Ich wollte nicht gefallen. Ich wollte schön sein. Schön im

Sinne von Ausstrahlung und nicht aufgrund äußerlicher Attribute. Eine schöne Frau war für mich eine, die zupackt, sich nicht ziert und sich vor allem nicht ständig um ihre Frisur sorgt. Dass ich damit allen gestandenen Frauen mit langen Haaren unrecht tat, war mir zu diesem Zeitpunkt nicht bewusst. Für die Aufweichung dieser durchaus sehr harten Beurteilung meiner langhaarigen Zeitgenossinnen sorgte die Zeit und wiederum meine Tochter. Schon als kleines Kind wünschte sie sich nichts sehnlicher als langes Haar, und ich fürchtete nichts mehr. Ich wollte keines der Mädchen großziehen, die ihr Hirn und ihre Kreativität ausschließlich für die Gestaltung ihres Aussehens gebrauchen. In ihren ersten Lebensjahren schnitt ich meiner Tochter die Haare kurz, im von den Großeltern übernommenen Glauben, die Haare würden dadurch kräftiger werden. Was ich nicht wusste: Dem Haar ist es egal, wie oft es gestutzt und geschnitten wird, es wächst so, wie es genetisch angelegt ist. Im Durchschnitt fünf Millionen Haare hat der Mensch am Körper, davon 100.000 bis 150.000 auf dem Kopf. Pro Tag wächst das Kopfhaar ca. 0,35 mm, und ein Haar lebt zwischen zwei und sechs Jahren. Es dauerte lange und wir fochten viele Kämpfe miteinander aus, bis mein Kind zum Schulanfang dann endlich den ersten Zopf tragen konnte. Einen Zopf zu tragen, war für sie äußerst wichtig, denn ihr Lieblingstrickfilm zu jener Zeit war die »Schöne und das Biest«. Von diesem geprägt, war dann auch ihr Lieblingsspiel: Ich bin ein Straßenkind. Kurze Haare wären da wirklich nicht passend gewesen, das musste sogar ich einsehen.

Meine Tochter entwickelte sich zu einer großartigen, eigenständig denkenden jungen Frau, und je länger ich sie kenne und ihr nahe sein darf, desto mehr verstehe ich, dass für sie die Gestaltung ihres Äußeren, eben auch die Gestaltung ihrer Haare, Ausdruck ihrer Persönlichkeit ist. Damit erst verstand ich, dass die Gestaltung meines Haares eben diese Bedeutung auch für mich hat. Von der Leichtigkeit meiner Tochter und ihrem spielerischen Umgang mit der Selbstgestaltung lerne ich noch immer viel. Auch ich werde mutiger, spielerischer. Noch immer trage ich meine Haare kurz. Inzwischen bin ich nicht mehr so leicht zu verunsichern und weiß, ich bin eine richtige Mama. Inzwischen eben eine ältere, kurzhaarige. Eine, die manchmal Haare auf den Zähnen hat, manchmal gern Haare spaltet, und eine, die nicht mehr jedes Haar in der Suppe finden muss. Ganz sicher aber bin ich eine von den vielen Frauen, die den regelmäßigen Friseurbesuch genießen, sich den Kopf kraulen und stylen lassen. Als Ausdruck des eigenen Wohlbefindens, als äußere Form des Selbstbildes und ja, auch als Spiel mit der eigenen Weiblichkeit.

Katharina Beck,
Katharina Beck, geb. 1970, lebt in Leipzig und arbeitet als Journalistin, probiert mit literarischem Schreiben seit vielen Jahren, aber nur gelegentlich andere Formen der Sprache. Hier nun ihre erste Veröffentlichung.

Cordula Krause, geb. 1959, Physikstudium in Leipzig mit Abschluss Diplom, seitdem tätig an der Universität Leipzig. Mitbegründerin der Prosawerkstatt Leipzig im Jahr 2008, Kurzgeschichten in der Anthologie »Der Schlüssel liegt unter dem Stein« (2012).

Juliane Markov, geb. 1958, Bildungsreferentin in einem entwicklungspolitischen Verein, Psychodramatikerin und Mediatorin, lebt in Leipzig, schreibt seit 2006 Geschichten und Gedichte.

Nora Northmann, geb. 1960, Studium an der Kunsthochschule Berlin, Diplom-Formgestalterin, seit 1992 Werbetexterin, Reportagen für Zeitschriften gemeinsam mit Volker Döring (Foto), seit 2000 freiberuflich als Texterin/Grafikdesignerin, lebt in Hohen Neuendorf bei Berlin.
»Windschiefe Leute. Geschichten vom Sein der Leisen«

(2009), Verlag Ludwig, Kiel · »Der Regen macht Urlaub am Meer. Geschichten von hier und von dort« (2013), Verlag Ludwig, Kiel www.nora-northmann.de

Undine M. Pelny, geb. 1961, lebt und arbeitet als Sozialpädagogin in Leipzig. Hat mit Lyrik begonnen, später kam Prosa dazu, Mitglied in der Autorinnenvereinigung deutschsprachiger Autorinnen, Mitbegründerin der Regionalgruppe mitteldeutscher Autorinnen in Leipzig
Gedichte in der Anthologie »Und hab kein Gewehr« (2000) · Gedichtband »FallbeilSpiele« (2003) · Erzählungen in der Anthologie »Der Schlüssel liegt unter dem Stein« (2012) · 2013 Nominierung für das Projektstipendium der Autorinnenvereinigung e. V.

Sylvia Tornau, geb. 1966, lebt in Leipzig und arbeitet als Leiterin/systemische Therapeutin im Bereich der stationären Kinder-und Jugendhilfe. Worte – gesagt, gehört, geschrieben – sind für sie der Ausgangspunkt für fast alles: Lebendigkeit, Klarheit, Intensität, Phantasie, Schmerz und Chaos. Sie geben aber auch Sicherheit, sind ein sich ständig wandelndes zu Hause.
Sie ist Autorin von Lyrik, Kurzgeschichten und Fachartikeln und Mitglied der Autorinnenvereinigung e. V.
www.tatmoor.de

Quellenangaben

Die erste Welle:
www.nessler-todtnau.de
http://de.wikipedia.org/wiki/Karl_Ludwig_Nessler

Mein Ich ist mehr als mein Haar:
www.hairweb.de/frisuren-psychologie-frauen.htm
www.attraktivitaet.wordpress.com/2010/01/07/hallo-welt/
www.haircoaching.de/content/sprichw%C3%B6rter-als-spiegel-bild-der-gesellschaftlichen-bedeutung-von-haaren

Impressum

© Katharina Beck | Cordula Krause | Juliane Markov | Nora Northmann | Marion Pelny | Sylvia Tornau
Gestaltung/Titefoto: BILDART

Verlag: tredition GmbH, Hamburg
ISBN 978-3-7323-1014-2 (Paperback)
ISBN 978-3-7323-1015-9 (Hardcover)
ISBN 978-3-7323-1016-6 (e-Book)

Bibliographische Information der Deutschen Nationalbibliothek: Die Deutsche Nationabbliothek verzeichnet diese Publikation in der Deutschen Nationalbibliographie, detaillierte bibliographische Daten sind im Internet über http:/dnb.d-nb.de abrufbar.

FSC
www.fsc.org
MIX
Papier | Fördert
gute Waldnutzung
FSC® C083411

Zeitfracht Medien GmbH
Ferdinand-Jühlke-Straße 7
99095 Erfurt, Deutschland
produktsicherheit@kolibri360.de